書下ろし

初代北町奉行 米津勘兵衛④

雨月《うげつ》の怪《かい》

岩室 忍

目次

第一章　蛇《じゃ》の道は蛇《へび》

慶長《けいちょう》十六年（一六一一）将軍秀忠《ひでただ》と側近土井《どい》利勝《としかつ》は、秀忠の愛人お静《しず》の存在が、お江《ごう》に発覚しそうになり焦《あせ》っていた。

利勝は予定通り、お静を神田白銀町《かんだしろがねちょう》に住むお静の姉の竹村《たけむら》宅に移した。姉が妹の世話をするという最も安全な方法だが、その姉も、妹の腹の子が将軍秀忠の子だとは知らない。

将軍の子と知ったら卒倒しそうだ。

お静は姉に聞かれても、誰の子かは絶対に言わない。

警戒など格別なことはしない方がいいという利勝の考えは正しかった。腹の膨《ふく》らんだお静は、市井《しせい》に溶《と》け込んでわからなくなった。

将軍秀忠は、お静が城内にいる時はお江に発覚しないかと心配し、城外に出て行くと、こんどは何事もなく出産できるかと心配になる。

愛するお静を傍《そば》に置きたいが、それができない。

側室とすることもできずにいる情けない将軍のため、お静は秀忠が亡くなって髪を下ろし、浄光院《じょうこういん》となってからようやく側室として扱われる。

その時既《すで》に、お江は亡くなっていた。

将軍の愛人お静の問題は、子が生まれてからもどう扱うか難しいことになる。

一方、大身旗本《たいしんはたもと》五千五百石の若林家《わかばやしけ》の咲姫《さきひめ》が納得しない。

「お父上さまは、なぜ弦之助《げんのすけ》さまをお連れしなかったのですか？」

怒り心頭なのだ。

長岡伝七郎《ながおかでんしちろう》は口を開くと手討ちにされそうだ。黙って聞いているしかない。

「誘ったのだが、高田《たかだ》殿が半年待ってほしいというのでそうしたのだ。そうだな伝七郎……」

「はい、殿がお誘いしたのですが……」

「伝七郎、半年待てという理由はなんじゃ！」

「それはその……」

「聞いてこなかったのか？」

「それが……」

「それがではわからんッ！」

「それがだな、高田殿が言われるには、そなたの前に出るのにこの襤褸《ぼろ》の着物と袴《はかま》では無礼千万、半年の間に少しはきれいにして伺いたいと、な、伝七郎……」

「はい、その高田さまの願いを殿がお聞き届けになり、半年の猶予《ゆうよ》を……」

それを聞いた咲姫が、いきなり両手で顔を覆《おお》って泣き出した。

「わずか半年にございます……」

「待てません！」

咲姫が伝七郎をにらんだ。泣いたり怒ったり忙しい。

「伝七郎、そなた、いい着物を持っておったな。それを咲に貸せ！」

「い、いい着物？」

「嫌《いや》か、嫌なのか、咲の頼みだぞ？」

「お咲、その着物のことだけではないのだ。高田殿は上方《かみがた》から出てきたばかりで、まだ住まいが決まっていないのだ……」

「住まいがないのですか、それなら父上、ここにお連れすればよいではありませんか？」

「それができないのだ……」

「どうしてですか?」

「それは、高田殿が北町《きたまち》奉行《ぶぎょう》米津《よねづ》殿の世話になっているからだ」

咲姫の顔が急に心配そうになった。人を斬《き》ったからかと思う。

「人を斬ったので牢屋《ろうや》に入っているのですか?」

「いや、そういうことではない……」

「それでは父上、咲が奉行所にまいります。お話をすれば……」

「姫さまッ、それはなりません。殿さまの面目《めんぼく》がつぶれますぞ!」

「伝七郎!」

「なりませんッ、若林家の恥にございます」

「言ったな伝七郎ッ、咲が若林家の恥なのだな!」

「そのようには申しておりません。なにとぞ、聞き分けてくださるよう願います」

伝七郎があまりにわがままな咲姫に、情けなく思ってポロポロ泣き出した。

「伝七郎は泣き虫じゃ!」

プイと鼻を振って座を立って行く。咲姫は用人の伝七郎に泣かれると自分も泣きたくなる。自分がわがままだとわかっている。

実は、咲姫は何《な》んでも聞いてくれる伝七郎が大好きなのだ。

小さい頃、乱暴な咲姫は「姫が生まれた時、お医師の次に姫さまだとわかったのはこの伝七郎でございました」と言われると、咲姫はぺしゃんこになった。

「見られてしまった……」

そう思うと乱暴も吹き飛んでガクッと首が落ちる。さすがに近頃はそれを言われなくなった。

「伝七郎、半年は長いか？」

「はい、待ちきれない姫さまが何をするかわかりません。侍女《じじょ》を連れてどこへでもまいりますので、奉行所にも……」

「そうだな……」

「姫さまは思い込むと一途《いちず》でございますから……」

「二人の対面が何よりも先か？」

「はい、その先のことは先のことにして……」

「そうするか？」

当主若林隼人正《はやとのしょう》と伝七郎は、早い時期に、咲姫と弦之助の対面を実現することで話を決めた。武家の婿《むこ》取りは、家臣や親せきが多くなかなか厄介《やっかい》なのだ。

家臣に不満を残したり、親戚に不満を残すと、後々お家騒動の火種《ひだね》になったりする。

他にも娘しかいない大身旗本を狙《ねら》っているのは、行き場のない厄介者の次男、三男を持っている大名や旗本だ。

それが幕府の重職だったりすると断れなくなる。多くはないが、既《すで》にそういう打診が若林家にないわけではなかった。

後のことだが、妻妾《さいしょう》を十六人も持ち、子を五十三人も作った将軍は、二万石から五万石ぐらいの加増をつけて、強引に大名家へ婿に入れたり嫁に入れたりする。

これは評判が悪く不満が噴出した。

その上、これらの押し付け婿や嫁のほとんどが血筋を残さなかった。加増付きでもらうだけもらっておいて、子は側室に作る。

それにこの五十三人の子らは、母親が使った白粉毒《おしろいどく》に侵《おか》されていて、早死にする子が多かったという。

将軍の子に生まれても、必ずしも幸運だったとはいえない。

数日後、長岡伝七郎は再び奉行所に現れ、米津勘兵衛《かんべえ》に事情を話して協力を願い出た。こういうことが起きると、世話したくなるのが勘兵衛だった。

そんな時、奉行所に鬼屋長五郎《おにやちようごろう》が現れた。祝言《しゆうげん》を上げて間もない鬼屋の嫁お京《きよう》に、いきなり子ができたのだ。万蔵《まんぞう》は幼妻を気に入って手放さない。

お京も「万蔵さん、万蔵さん……」と後を追い回すようについて歩く。朝も昼も夜も万蔵さんで子ができるのは当たり前だった。

それを見計らったように、幾松《いくまつ》がお元《もと》と一緒になりたいと長五郎に願い出た。それだけではなかった。

幾松の相棒仙太郎《せんたろう》が、時々どこかに泊まってくるようになった。最初は西田屋《にしだや》に好きな遊女でもできたかと、長五郎や万蔵は大目に見ていたが、月に一回、二回、三回と外泊が多くなると放置もできない。

長五郎が、嘉助《かすけ》と富造《とみぞう》に仙太郎がどこに泊まってくるのか調べさせた。すると、とんでもないことが判明した。

仙太郎が泊まってくるのは、神田庄兵衛《しようべえ》長屋のお駒《こま》のところだった。

二人は塩浜《しおはま》の行徳《ぎようとく》塩田で見張りをした時、お駒の方から誘って、仙太郎が年上のお駒の虜《とりこ》になってしまったのだ。

お駒も初心《うぶ》な仙太郎が可愛《かわい》く夢中になった。

好きだった兎之助《うのすけ》を亡《な》くしてずいぶん経《た》つお駒は、仙太郎にそんな忘れていた熱い気持ちを燃やした。

こんなことではお奉行の仕事をできなくなると思いながら、直助《なおすけ》や正蔵《しょうぞう》に話すこともできずにずるずるときてしまった。

お駒は厳しく言って仕事を休ませることはしなかった。亭主気取りの仙太郎が仕事を休めばどうなるか、お駒はわかっている。

「お奉行、お駒さんと仙太郎のことは……」

長五郎も考え抜いて奉行所に来たのだ。

お駒は奉行直々《じきじき》の密偵だと長五郎は思っている。そんな大切な女に仙太郎が絡みついていては困ったことになりかねない。

だが、男と女だ。惚《ほ》れた腫《は》れたは世の常だ。

野暮なことを言いたくないが、長五郎も頭が痛い。

「仙太郎とお駒か、お駒が仙太郎を気に入ったのだろう。やさしい男だから
……」

「まだ、餓鬼《がき》にございます」

「長五郎、そう言うな。仙太郎にとって年上の色っぽい女は眩《まぶ》しいものよ。熱病みたいなもので、そのうち収まるのではないか？」

「お奉行……」

「打つ手がなかろう。二人で逃げたりしたら、それこそ元も子もないぞ？」

「そうですが……」

大勢の若い衆を束《たば》ねている長五郎には困ったことなのだ。

「いっそのこと、夫婦《めおと》にする手もあるが……」

「夫婦に？」

「江戸は女が足りないのだ。男五人に女一人などと言われている。幾松も仙太郎も幸運な男よ。そうだろう長五郎？」

「はあ……」

それから間もなくして万蔵の西田屋行きが再開した。

お京の懐妊がわかると突然、万蔵が西田屋の貴船《きぶね》のところに通い始めた。夕霧《ゆうぎり》とはうまくいかなかったからだ。

ところが、お京が万蔵のことを怒るかと思いきや、お京は相変わらず万蔵さん、万蔵さんとついて歩く。それを見て長五郎が万蔵を叱《しか》るが、こういう再燃する女癖ばかりは如何《いかん》ともしがたい。

「幾松、庄兵衛長屋が二つ空《あ》くそうだ。どうする？」

仙太郎がつぶやいた。幾松は長五郎にお元とのことを願い出ているが、まだ返事をもらっていない。

「いい長屋だから、すぐ誰か入るだろうって……」

「お駒さんか？」

「うん、親方が駄目ならお奉行に話してみろってさ……」

「お駒さんがそう言ったのか？」

「ああ、お奉行はお元さんのことを考えてくれるって……」

「そうか、それでお前はどうする？」

「うだつの上がらねえおれは、まだ駄目じゃないか……」

仙太郎が寂しそうに笑う。

お駒とこそこそしたことを長五郎が怒っていると思っていた。それにお駒は、お奉行が大切にしている女だと知っている。

そんないい女のお駒を、自分の者にできるとは思っていない。

ところが、幾松から話を聞いた勘兵衛が妙案を出した。

幾松とお元、仙太郎とお駒を一緒に祝言させてしまえということになった。

お駒の勘は正しかった。

話を聞いたらお奉行は必ず何んとかしてくれると直感して、仙太郎に幾松を説得させ、幾松から勘兵衛に言わせたのだ。高等戦術だ。

それを勘兵衛は見抜いた。

お駒の策に乗って勘兵衛は動いた。渋々だが長五郎が了承して、庄兵衛長屋に二組の若夫婦が住むことになった。祝言も二組一緒に庄兵衛長屋で行われた。

こういうことは一気にやってしまうしかない。

そんなある日、奉行所の前に馬借《ばしゃく》の三五郎《さんごろう》と馬が現れた。

「おう、三五郎、どうした？」

門番が声をかけた。

「お奉行さまはいるか？」

「ああ、おられるよ」

三五郎が門番に手綱を渡した。

「すぐ終わるから、持っていろ……」

「なんだよ！」

「いいから持ってろ！」

言い合っていると林《はやし》倉之助《くらのすけ》が帰ってきた。

「どうした三五郎？」

「お奉行に、泥棒の話だ……」

「何、泥棒だと？」

「だと思うんだ……」

「ついて来い！」

倉之助が三五郎を奉行所に引き入れた。

「馬糞《ばふん》臭いから、座敷には上がれねえ……」

「そうか、そうだな、砂利《じゃり》敷よりは庭の方がいいだろう？」

「へい……」

「そこから奥の庭に回れ……」

三五郎が奉行の役宅の庭に顔を出すと、勘兵衛は一人書見中で誰もいなかったが、すぐ倉之助が現れた。

「お奉行、庭に三五郎がまいっております」

「うむ、おう三五郎、どうした？」

「あの、お奉行さまは風《かぜ》っていう泥棒を知っているかな？」

「風か、知らないな……」

「隙間風《すきまかぜ》とも呼ばれていて、絶対に捕まらねえそうなんで……」

「そんなことどこで聞いた？」

「仲間からだよ。飯を食っている時にそんな話になって、風ってのは上方の大泥棒だそうなんだ」

「その風が江戸を狙っているのか？」

「へい、もう三ケ月も前に江戸に入っているとか言うんだ……」

「何んだと……」

　勘兵衛と倉之助の顔色が急に変わった。三五郎は北町奉行米津勘兵衛の配下だと思っている。江戸から遠くは小田原《おだわら》辺りまで荷を運ぶが、これまで馬に荷を積んで箱根《はこね》を越えたことはない。

　そんな三五郎たちには、宿場によって色々な噂《うわさ》が耳に入る。

「どんな泥棒かわからないか？」

「それがわからねえ、噂では風っていうのは年寄りだとか、若いようだとかはっきりしねえらしい……」

「そうか、わかった。ご苦労だったな三五郎、また、何かわかったらすぐ知らせてくれ……」

「へい、承知しやした」

三五郎が帰って行くと勘兵衛は長野半左衛門《ながのはんざえもん》を呼んで、上方から来たという風の探索をするよう命じた。三五郎の話だけではいつものように雲をつかむようなものだ。

勘兵衛が気になったのは、風が江戸入りしたのが三ケ月も前だという三五郎の言葉だ。それは三ケ月も気づかずにいたということだ。

「いつものように手掛かりを拾うしかないな？」

「はい、三五郎が知らせてきた大きな手掛かりを押し広げる考えで……」

「うむ、そうしてくれ……」

三ケ月も気づかないとは油断だ。

与力や同心たちが集められ、半左衛門が指揮して、風の正体をつかむべく探索が開始されたが、ここで苦しい立場に立たされたのがお駒である。

お駒は例の奥州屋《おうしゅうや》庄兵衛の事件の時、偶然に出会ったお千代《ちよ》から風のことを聞いたことがあったからだ。

お奉行に話す前に一度お千代に会って話を聞いてみようと思った。

「お前さん……」

一緒になってから、お駒は仙太郎をお前さんと呼ぶ。仙太郎は寝転んでいたが体を起こしてお駒を覗《のぞ》き込む。

「何んだい？」

「二、三日、川崎大師《かわさきだいし》に行ってきたいんだけど……」

「川崎大師？」

「うん、今度の風のことで気になることがあってさ、川崎大師のお千代という人に会って話を聞きたいの……」

「お奉行さまの仕事だ？」

「うん……」

「一人で危なくないか？」

「大丈夫、会うのは女の人だから……」

お駒が仙太郎の腕をつかむと引きずり込んで抱きしめた。仙太郎がお駒に覆《おお》いかぶさっていく。

「心配ないから……」

「うん、匕首《あいくち》を持ってるんだろ……」

「そうだよ。お前さんが浮気したら、これをチョン切るつもりだから……」

「ゲッ、そんなことあるわけないよ！」

「ほんと？」

「ほんと、ほんと、約束したじゃないか……」

「うん、信じるから……」

「うん、痛いの嫌だから……」

お駒は仙太郎が可愛くって仕方がない。

翌朝、お駒と仙太郎、幾松の三人が、暗いうちに庄兵衛長屋を出る。お元が長屋から出てきて手を振る。幾松が何度も後ろを振り返った。

お駒は、お千代が今でも川崎大師にいるかわかっていない。伝八郎《でんぱちろう》と一緒にどこかに行ってしまったかもしれない。だが、行ってみるしかないだろうと思う。

幾松と仙太郎は鬼屋へ、お駒は川崎大師に向かった。

お駒はあの時、お千代の住まいを聞かなかったが、お千代が口にした茜屋《あかねや》という茶屋の名前を覚えていた。

川崎大師は弘法大師《こうぼうだいし》空海《くうかい》をご本尊にする寺で、高野山《こうやさん》との関係が深い。

お駒はまずお大師さまをお参りしてから茜屋を探すと、すぐ見つかり縁台に腰を下ろした。

「お茶とお団子《だんご》ください……」

「はーいッ！」

女の声がしてお駒の傍に人が立った。

「お駒ちゃん、お駒ちゃんでしょ！」

呼ばれて見上げると、ずいぶん前に会ったことのあるお信《のぶ》という女だった。

「お信さん？」

「どうしたのこんなところで？」

「お千代さんに会いに来たの、知らない？」

「ちょっと、ちょっと……」

お信が慌てた顔でお駒を茶屋の裏手に引っ張った。

「どうしたの？」

「どうしたじゃないわよ。お千代さんのことを口にしたりして……」

「お千代さんに何かあったの？」

お信が警戒するように辺りを見回して声を小さくした。

「お千代さんの旦那の伝八郎さんが殺されたのよ」

「ええッ、どうして！」

「シーッ、声が大きいんだから……」

「どうしたのよ！」

「話をすれば長いんだ。家に来て、全部話すから、旦那に断って店から上がる。ここで待っていてよ……」

お信は前掛けで手を拭きながら茶店に戻って行った。伝八郎が殺されたと聞いて、お千代も殺されたのではないかと思った。

すぐ戻ってきてお信が「行こう……」とお駒の手を引いた。

歩きながらお信がポツポツと話し出した。

「あたしも伝八郎お頭《かしら》の世話になっていたんだ。お頭とは、お千代さんのように体の関係はないよ。一度だけフラッとあったかな……」

お信が思い出したように言ってニッと微笑《ほほえ》み、目に涙をためた。

「お千代さんは生きているの？」

「うん、元気だけど……」

「けどって？」

「お頭が亡くなったのは、つい一ヶ月ほど前なんだ。お千代さんはボーッとして……」

「まだ一ヶ月じゃ仕方ないよ」

「そうなんだけど……」

「やったのは誰だい？」

お駒は、伝八郎がどんな事件で死んだのか見当もつかない。

川崎大師は六郷橋《ろくごうばし》を渡って川沿いに南に下ったところにある。お信はお駒を多《た》摩川《まがわ》の河原に誘った。

「家にお千代さんがいるからここで話そうよ……」

「うん……」

土手に腰を下ろした。

「和三郎《わさぶろう》がいけないんだ……」

「和三郎が？」

「うん、あの野郎が上方から風《ふう》っていう一味を連れてきたんだよ」

「そういえば、お千代さんから風右衛門《えもん》という名は聞いたことがある。風って言うんだってね……」

「上方できれいな仕事をするっていう噂だった。和三郎は、伝兵衛《でんべえ》お頭が亡くなってからプラプラしていたんだが、風の噂を聞いて上方に会いに行ったらしいんだ」

「上方まで？」

「うむ、蛇《じゃ》の道は蛇《へび》だからね、すぐ風の子分と出会ったらしい。江戸の仕事を考えていた風の一味にはいい鴨《かも》だ。そういうこと……」

お信が吐き捨てるように言う。

「それを手土産に、和三郎の野郎が伝八郎お頭に近づいてきた。江戸に足場の欲しい風の一味の話を持ってきたんだ」

悔《くや》しそうにお信が話すのを、お駒はうなずきながら聞いている。

伝八郎は最初、和三郎を相手にしなかった。

ところが和三郎が風の頭・風右衛門の右腕の米蔵《よねぞう》という男を連れてきた。米蔵は腰の低い男で仕事の分け前は五分五分でいいという条件を出した。

これが罠《わな》だった。

伝八郎は気に入った仕事ではなかったが、五分五分なら悪い話ではないと考え、米蔵と和三郎の話に乗った。

すると、凪の一味は米蔵の他に四人が乗り込んできて、三千両以上の大店《おおだな》でどこに仕掛けるか検討が始まった。ところが凪の一味は一人増え、二人増えして十人になった。

するとと突然、米蔵が取り分を四分六分にしてほしいと申し入れてきた。それは決してやってはいけない盗賊の禁じ手だった。

伝八郎がそれは約束違反だと抵抗した。

「そういうことなら七分三分でもいいんだぜ……」

若い伝八郎をなめ切った態度だった。伝八郎の配下は六人しかいない。凪の一味は何人いるかわからない大きさだ。

取り分の変更をめぐって話がこじれた。

伝八郎は、凪の一味は端《はな》からそのつもりだったと気づいたがもう手遅れだった。話し合いが暗礁に乗り上げ、伝八郎が凪との仕事から手を引くことにした。

ところが米蔵は、そんなことを許す温《ぬる》い男ではなかった。

その日のうちに伝八郎は待ち伏せされ、江戸から川崎大師に戻る途中、六郷橋を渡って左に折れた細い道で、三人に囲まれブスリと腹を刺された。

それでも川崎大師の隠れ家まで自力で戻ってきたが、三日間苦しんで、お千代の介抱の甲斐《かい》もなく死んだ。

「風というのは話とはずいぶん違うんだね？」

お駒はそんな一味とは思っていなかった。盗賊の掟《おきて》は何んでも厳しい。それは自分たちの身を守るためだ。

「仕事では人を殺さないが、仲間には容赦《ようしゃ》しないのさ……」

「なるほど、それで和三郎は？」

「風の一味に入ったのさ、それだけでなく、お頭が亡くなると、三人が和三郎に誘われた。残ったのはあたしとお千代さんだけということ、悔しいねえ……」

「そういうことなんだ……」

「お千代さんに会ってみる？」

「いいのかい？」

「うん、たぶん励ましても駄目だろうけど……」

二人は立ち上がると歩き出した。お信とお千代は、川崎大師の裏の大きな百姓家の離れに住んでいた。

「お駒ちゃん……」

顔を見るといきなりお千代が泣き出した。すっかり泣き虫になっている。あの、着物の裾をからげて啖呵《たんか》を切る威勢のいいお千代ではなかった。

「お信さんから話は聞きました……」

「伝八郎があたしを置いて行っちまった……」

「そうらしいね。お千代さんらしくないな。和三郎を殺《や》ろう。生かしておけない野郎だ！」

お駒がお千代を嗾《けしか》ける。

「めそめそするのはその後だ。和三郎を殺そうよ！」

「お駒ちゃん……」

「お千代さん、ぐずぐずするのは嫌いだよ。三人で江戸に行こう。和三郎を探して殺すんだ！」

お駒は怒っていた。それに腑抜《ふぬ》けてめそめそするお千代を見たくなかった。伝八郎を罵《ののし》り、酔っぱらいを叩《たた》きのめすお千代姉御の威勢のよさが好きだ。

「それが供養でしょ、めそめそしてもよろこびませんよ！」

「そうだ。お千代さん、江戸へ行こう！」

お信が同意した。

「これは風とは関係ない。こっちの話だ。お千代さん、目を覚まそう、お頭の敵《かたき》を討つんだ。悪いのは和三郎の野郎だ。許さねえ！」

お信がお千代を誘った。

するとお千代が泣き止《や》んだ。見る見る生気が蘇《よみがえ》ってくる。

「そうか、敵討ちが先か……」

「そうだよ。このままじゃお頭が浮かばれない！」

お信も伝八郎との思い出を抱きしめていた。

お駒に励まされ二人に闘志が湧いてきた。和三郎を殺すという殺意だ。それに
お千代が引きずられ元気になった。

お駒は女三人でどこまでできるかやってみる考えだ。

第二章　小梢《こずえ》

若林家では、米津勘兵衛の発案で、御前試合をすることになった。

長岡伝七郎は、咲姫の婿になりたい男たちが、恨みを残さないで実力を見せるべきだという勘兵衛の考えに同意した。

もちろんそんなことは宣言しない。

だが、試合に出てくる者の暗黙の了解になっている。自ら名を上げたのは二人だった。

大身旗本の冷や飯の子息が一人、若林家の本家筋の三男坊が一人で、高田弦之助は勘兵衛に勧められて出場することになった。

「弦之助、そのむさ苦しい髭《ひげ》は剃《そ》ってしまえ。頭もいつ洗ったかわからんようではいかん！」

「お奉行さま、頭も体も上野《うえの》の小川で洗っております」

「そうか、ならば髭と着る物だな。背丈や体つきは宇三郎《うさぶろう》と同じだ。着物と袴《はかま》は宇三郎のがちょうどいいだろう……」

「お奉行さま、髭がないと間の抜けた顔になるのですが？」

「間抜け顔、ならば少し残せ！」

「はッ、承知いたしました」

朝早く、道場へ稽古に来た弦之助を、お志乃《しの》、お登勢《とせ》、お滝《たき》、お幸《さち》たちが、寄ってたかって色男の花婿に仕立て上げた。

「なかなかいい出来栄えではないか……」

勘兵衛も大満足で、下城すると着替えて馬に乗り、望月《もちづき》宇三郎、青木藤九郎《あおきとうくろう》、彦野文左衛門《ひこのぶんざえもん》、高田弦之助の剣客四人を連れて、番町《ばんちょう》の大番組《おおばんぐみ》若林家に向かった。

将軍の傍で護衛する大番組は、武術に優れていないと務まらない。

娘に甘い隼人正は槍《やり》を使う。

勘兵衛が到着すると、庭に支度された場所で立ち合いが始まる。屋敷の縁側に若林隼人正と奉行の米津勘兵衛が座った。その後ろに咲姫が座って、ずっと弦之助の振る舞いを見ている。

あの時の襤褸浪人ではない。

涼《すず》やかな若き武将が、庭に置かれた床几《しょうぎ》に座っていた。弦之助は咲姫の視線に気づいていない。これから始まる試合に集中している。

弦之助に挑戦する二人の若者が、弦之助と向き合って床几に座っているが、明らかに緊張しているのがわかる。

「伝七郎、始めろ！」

隼人正の声がかかった。

「はッ、それでは試合を始めます。北町奉行米津勘兵衛さまご推挙、清和源氏満《せいわげんじみつ》政流《まさりゆう》豊後《ぶんご》浪人高田弦之助殿！」

「はッ！」

伝七郎の大袈裟《おおげさ》な紹介だが、武家はこういうことが極めて重要で「清和源氏か、大御所さまと同じだな……」ということになる。

その紹介を聞いただけで、若者は腰が浮いた。弦之助は木刀を握って床几から立ち上がった。

対戦相手は悲しいほど弱かった。

負けるのを覚悟しているように、隙だらけで上段から打ち込んできた。それを木刀で丁寧《ていねい》に受けるとクイッと相手の木刀を捻《ねじ》り上げた。

巻き込まれた木刀が相手の手を離れ四、五間（約七・二〜九メートル）も飛んでいた。

「それまで！」

伝七郎が試合を止めた。

「まいりました……」

「失礼をいたしました」

二人が一礼して試合が終わった。それを咲姫が瞬《まばた》きもしないで見ている。もう、自分の夫になる人だと決めている。

「次ッ！」

あまりにもあっけない試合に伝七郎が怒っている。そんな情けない腕で若林家の当主に納まろうというのかと怒っていた。大身旗本もなめられたものだと思う。

次の若者は少しだけ骨はあったが、とてもとても弦之助の足元にも及ばない。胴を抜かれて腰砕けになり砂利に転《ころ》がった。

「峰丸《みねまる》！」

一度、奉行所の道場で立ち合った白井《しらい》峰丸が伝七郎に呼ばれた。

「もう一度だ！」

「はッ！」

峰丸は前の二人よりはるかに強かった。弦之助は一度戦った相手で剣筋を覚えている。

二合三合と木刀が激しくぶつかったが、弦之助の木刀が、峰丸の脇の下に入ってピタッと止まった。

「まいった！」

二度目の対戦も峰丸が敗れた。

「弦之助！」

隼人正が弦之助を傍に呼んだ。その時、弦之助の目と咲姫の目が合った。咲姫の方が目を伏せた。弦之助はすぐあの時の娘だとわかった。

「弦之助、見事な腕であった。一献やろう……」

「はッ、恐れ入ります」

弦之助は襷《たすき》と鉢巻《はちまき》を取って、大玄関に回って座敷に上げられ、勘兵衛の前で若林隼人正から盃《さかずき》を頂戴《ちょうだい》した。

そこに着飾った咲姫が入ってきた。

「弦之助殿、娘の咲じゃ……」

「これは、先日は路上で失礼をいたしました」

「あの……」

「咲姫殿、この弦之助が婿でいいのかな?」

いきなり勘兵衛が聞くと、目が飛び出しそうなほど驚いたが、コクッと気丈にうなずき、カーッと咲姫は頭に血が上って卒倒しそうになった。

弦之助がどういうことだと仰天《ぎょうてん》している。仕官の話だろうと思って来たのだ。

「若林殿、決まりですな?」

「はい、決まりです」

それを聞いて咲姫がサッと座を立って座敷から出て行ったが、足元がこんがらがって廊下でべたッとすっ転んだ。

「痛てッ……」

なんとも騒々しい姫君なのだ。足を引きずって自分の部屋に戻り「よしッ!」と自分に気合を入れる。

「嬉《うれ》しそうでございますね?」

「そう、決まりましたから……」

「何が決まったのです？」

「それは言えない……」

「ま、まさか？」

「シーッ、駄目《だめ》、だめ……」

「本当ですか？」

「さすが北町のお奉行さま、凄《すご》い……」

もう咲姫は有頂天《うちょうてん》だ。それを年寄りの乳母《めのと》がうれしそうに見ている。

この日、勘兵衛の一言から、このやんちゃ娘の婿が弦之助と決まった。

勘兵衛は正式になどとぐずぐずしていると、どこから横槍《よこやり》が入るかわからず、素早く決着した方がいいと判断した。

それには咲姫本人に首を縦に振らせればいいと速攻に出た。

やんちゃだが素直な咲姫は、本心からうなずくと読んだ勘兵衛の策に絡め捕られた。

隼人正も伝七郎も大いに満足だ。

高田弦之助を林田《はやしだ》郁右衛門《いくえもん》の養子にして、米津勘兵衛が後見人ということで話が決まった。こういう時に便利なのが、米津家の家老林田郁右衛門だ。勘兵衛が大御所家康《いえやす》に抜擢《ばってき》され北町奉行になってから、郁右衛門はデンと構えて何があっても驚かなくなった。

勘兵衛を大御所に取られてしまったと思っている。

知行《ちぎょう》が増えたわけでもなく、勘兵衛がいなくなった分、郁右衛門は猛烈に忙しいのだ。お滝を養女にし、今度は弦之助を名目だけだが養子にする。

思い通りにいって上機嫌の咲姫だが、弦之助に見られると目を伏せてしまう。体中に火がついてプルプル震えそうになった。

どうしてなのっと思うが、冷静な剣客の目には力がある。その怖い目がニッと咲姫に微笑むと胸が震えフラッと腰砕けになる。

その頃、川崎大師に三人でお参りをして、大年増《おおどしま》の娘三人が江戸に向かった。

三人はじっくり作戦を考えた。

正蔵夫婦に力を貸してもらい、和三郎の所在を突きとめ、お駒が誘い出してお千代とお信が刺し殺すという段取りだ。

和三郎に警戒されないよう、お駒が動くことにした。

江戸に戻ると、お千代とお信は庄兵衛長屋に入った。お駒は一人で上野の正蔵とお民《たみ》に会いに行った。

　お駒は川崎大師でのことを正蔵夫婦にすべて話した。

「若旦那の伝八郎さまが亡くなったか、それも上方の風の一味の仕業とはな。だいぶ前だが風の噂は聞いたことがあった」

「その風を呼んできたのが和三郎です……」

「風の一味は江戸にいるのだな？」

「頭の風右衛門も一、二ケ月のうちに上方から出てくるだろうと……」

「仕込んでいる最中か、ところでお千代とお信は？」

「神田……」

「庄兵衛長屋か？」

「そう……」

「仙太郎さんは大丈夫か？」

　その頃、仕事から帰ってきた仙太郎は、長屋に見知らぬ年増の姉さんが二人いて、家を間違ったかと慌てて外に飛び出した。

「仙太郎さん、お入りよ。間違いじゃないから……」

「あの、どちらさまで？」

「お駒ちゃんの知り合いですよ」

「そうですか、家を間違ったかと驚きました……」

「可愛いね、お駒ちゃんが惚れるはずだ」

「あの、あっしは筋向かいの長屋にいますから、ごゆっくり……」

「仙太郎さん、ここにいてもいいんだよ」

「あれが帰ってくるまでは……」

逃げるように仙太郎は幾松の長屋に行った。

「惚れているんだねえ……」

「あんな可愛い子にあたしも抱いてもらいたいものだ」

お信が羨《うらや》ましそうに言う。お千代もお信も男運のない女たちだ。

それから半刻（約一時間）もしないでお駒が戻ってきた。

「どうだった？」

「うん、手伝ってくれるって……」

「そう、正蔵の兄さんには申し訳ないね……」

「その代わり、お民さんが店を手伝ってほしいそうよ。どうする？」

「あッ、そうか、もちろん手伝うよ。これから行こう」

「明るいうちに行けるね？」

お信が外を覗《のぞ》くように見た。

「お駒ちゃん、送らなくていいから、二人で行けるよ。いい人がお向かいの長屋に逃げて行った。可愛いね……」

お駒が照れるように笑った。

翌日から、正蔵とお駒の和三郎探しが始まった。

奉行所でも三五郎の話から、風という上方の盗賊一味の尻尾をつかもうと、見《み》廻《まわ》りに人を回して探索をしていた。だが一方で、江戸城下が大きくなり、人が増えると訴訟も多くなり、人手をどうしてもそっちに取られるようになってきた。

奉行所は手掛かりをつかめず苦労している。

和三郎を探す正蔵は、古い仲間だけでなく、顔見知りのところを一人ずつ当たっていた。浅草《あさくさ》の大川端《おおかわばた》の隠居のところにも顔を出した。

擂鉢《すりばち》の隠居といわれる素性《すじょう》のはっきりしない老人だ。素人《しろうと》の事件から悪党のことまで詳しい爺《じい》さんだ。

「正蔵さんだったね？」

「へい、伝兵衛お頭の下におりました」

「そうだったね、元気そうだな?」

「お陰さまで、ご隠居もお変わりなく……」

「うむ……」

隠居の若い女房がお茶を置いて行った。

「来ると思っていた。伝兵衛の息子伝八郎が殺《や》られるとはな。だが、隙間風には手を出さない方がいいぞ」

「へい、探しているのは和三郎で……」

「そうか、裏切り者か、仕方ないかのう、お前さんが殺るのか?」

「若旦那の奥さんです」

「なるほど、お千代さんか。可愛そうに、男運のない女だ。和三郎は仲間二人と根津権現《ねづごんげん》の裏にある百姓家にいる……」

「ご隠居!」

「うむ、礼はいらん。それより正蔵さん、あんたはいい男だ。信頼できる。どうだね、一遍《いっぺん》、わしの若い女房を抱いてくれぬか?」

「ええッ!」

「わしはあっちの方が駄目でな。誰かいい男はいないか探していたのだ……」

「そんな、とんでもねえ、ご隠居、勘弁しておくんなさい！」

「わしはそなたの願いを聞いたぞ……」

「それとこれとは……」

「正蔵さん、この年寄りに恥をかかせないでおくれ、承知してもらうよ？」

「それでは今度、改めまして……」

「駄目だね。今度とお化けは出たことねえというじゃありませんか、今日は帰しませんよ。あんたも雪蓑《ゆきみの》の正蔵といわれた男だ。わしに見込まれたと思ってあきらめてくれ、お民さんはわしが説得する」

「お民を殺さないでもらいてえ……」

「わかっている。内緒にしておいてもいい」

お民の名を出して隠居の脅迫だ。

「わかりました……」

正蔵が観念した。隠居の願いを聞くことになった。

「二代目鮎吉《あゆきち》でいいな？」

「へい……」

「わしが死ぬまでは正蔵でいい。女房の名は小梢《こずえ》だ」

「小梢さま……」

「小梢でいい……」

正蔵が隠居に叱られた。

「おい、酒を持ってこい……」

年寄りはせっかちで気が早い。もう先がないことを知っているからだ。頑固がひどくなる老人もいる。

話を聞いていたのか、隠居の配下が隣室からぞろぞろ現れた。その配下が隠居の後ろにずらりと並び、隠居と正蔵の前に酒の膳が置かれた。

「親子の盃だ。ここにいるのはわしの配下だ。とりあえず今この家にいる者たちだけだが、いずれみんなに会わせる。定吉《さだきち》、今何人いるのだ？」

「へい、二十七人です」

「正蔵、わしの裏の仕事は大川の荷運びだ。川舟を二十ばかり持っている。石でも米でもなんでも運ぶ。それを仕切っているのがこの定吉だ……」

「二代目、おめでとうございます。定吉です。固めのお流れを頂戴《ちょうだい》いたしやす！」

丁重《ていちょう》に挨拶《あいさつ》する。それを隠居が見ている。

「定吉、よろしく頼む……」

「へい！」

「まずは一献だ。小梢、正蔵の隣に座れ、可愛がってもらえ……」

「はい……」

小梢は若作りなのか二十四、五に見えた。楚々《そそ》としていい女だ。

「二代目、不束者《ふつつかもの》にございます……」

小さな声で挨拶する。

「姉さん、おめでとうございます！」

「おめでとうございます！」

十人ほどの男たちが挨拶した。

隠居が盃を取ってグッと飲み干し正蔵に渡した。その盃が正蔵から小梢に流れ定吉に流れていった。

あっという間に、正蔵は大川端の二代目鮎吉にさせられた。隠居が大川の荷運びをしているとは、正蔵も知らなかった。

その夜、隠居の家に泊まった正蔵は驚くことばかりだった。

「小梢、そなた？」

「言わないでッ！」

小梢が両手で顔を覆って泣いた。実は、小梢は正蔵が初めてだったのだ。

「すまん……」

正蔵が小梢を抱きしめた。

隠居は小梢の実の父親だったのである。

鮎吉が六十を過ぎてから配下の女に産ませた子で、母親は早くに死んでしまい男手で育ててきた。

もう幾つになったか忘れたという鮎吉は越後信濃《えちごしなの》あたりを荒し回った大盗賊で、その正体は若いころ上杉家の加藤段蔵《かとうだんぞう》の配下で軒猿《のきざる》をしていたことがある。

そんな鮎吉は娘にろくでもない虫がつかないよう、とんでもない若い嫁を持ったもんだと言いふらして隠してきた。

最も安全な守り方だ。

小梢が隠居の実の娘だと知っているのは定吉だけだ。

正蔵はなんだか話がおかしいと思いながら、行きがかり上、隠居の女房を受け入れたのだが、小梢の涙ですべてを理解した。

第三章　女賊の愛

翌日、家に戻って直後の正蔵は、よそに泊まったことを何も言わず、夜に、お民を抱いてすべてを話した。

「そうなの、二代目になったの……」

お民は正蔵が小梢を抱いたことには触れない。強く正蔵を抱きしめた。それがお民の答えだった。お民は弱い女ではない。正蔵は盗賊の小頭《こがしら》で、お民が心底愛した男だ。覚悟はできている。

正蔵と鮎吉が会って数日後、根津権現の裏の、和三郎の隠れ家にお駒が現れた。

「あッ！」

炉端《ろばた》にいた和三郎と他二人が驚いている。

「探したよ……」

「あのう……」

三人がお駒を見て戸惑っている。

「浅草の隠居を知ってるだろう？」

お駒が和三郎に聞いた。

「ああ、知ってる……」

「今度、正蔵さんがあの隠居の跡継ぎになったんだ。ちょっと話があるんで、根津権現まで来ておくれよ……」

「正蔵の兄貴が？」

早とちりをした和三郎が、無警戒でお駒の後に続いた。

「おい、後をつけろ……」

二人のうち一人が外に飛び出した。

お駒と和三郎が、根津権現の境内《けいだい》に社《やしろ》の傍から回って行くと、松の大木の後ろに、お千代とお信が隠れていた。その横を通りかかった和三郎の横っ腹に、匕首《あいくち》を握ったお千代が体当たりした。

深々と匕首が和三郎の腹に突き刺さった。

間を置かずにお信が「死にやがれ！」と叫んで、匕首を和三郎に突き刺しグリッと腹をえぐった。

「おのれ、お信ッ！」

「裏切り者がッ！」

二人の女の匕首は思いのほか深く突き刺さっていた。お千代の肩をつかんで和三郎はしばらく立っていたが、ガクッと膝から崩れると夥《おびただ》しい血を流して息絶えた。

その様子を追ってきた仲間が見ている。

この時お駒は、百姓家に残した二人を何もできないだろうと甘く考えていた。それが大きな代償を払うことになった。

翌日、神田の平川《ひらかわ》、神田川《かんだがわ》とも呼ばれていたが、その淀《よど》みに仙太郎の死体が浮いたのだ。お駒は仙太郎を見て気が狂いそうになった。

この事件ですべてが露見してお駒、お千代、お信の三人が北町奉行所に捕縛された。

鬼屋から長五郎、万蔵、幾松、嘉助、富造が知らせを聞いて吹っ飛んできた。奉行所は重苦しい雰囲気に包まれた。

最も若く、お駒に愛され幸せの絶頂にいたはずの仙太郎が殺された。

勘兵衛はかつてないほどの怒りに体が震えた。

「あなた、お駒さんを叱っては駄目です。舌を嚙《か》んで死にます」

喜与《きよ》が勘兵衛に忠告した。

「お千代という方もお信という方も死ぬ覚悟をしています。女は愛する人と一蓮《いちれん》托生《たくしょう》ですからね……」

「だが……」

「あなたに女の必死がわかりますか？」

喜与は悲しい三人の女を守ろうとした。

「三人の女を、ここまで修羅《しゅら》の道に落としたのは男です。なんとか助けていただけませんか？」

勘兵衛の仕事に口出しをしたことのない喜与だ。女はみんな一緒だと思う。

その夜、勘兵衛は珍しく喜与を抱いた。

「あなた……」

「うむ、わかっている」

「御免なさい……」

勘兵衛は夜明け前、一人で寝衣のまま奉行所の仮牢に向かった。牢番が柱に寄りかかって寝腐れている。

「起きろ……」

勘兵衛が牢番の足を蹴飛ばした。

「お、お奉行……」

「お千代を砂利敷に出せ……」

「はいッ！」

牢番に呼ばれてお千代が牢から這《は》い出てきた。髪型が崩れ、和三郎を刺し殺した夜叉《やしゃ》の姿のままだ。

「座れ！」

お千代が牢番に命じられ、勘兵衛の足元にうずくまった。

「向こうに行っていろ……」

「はッ！」

まだ暗い砂利敷に勘兵衛とお千代だけになった。

「お千代、何も喋《しゃべ》らなくていい……」

勘兵衛がお千代の前に屈《かが》み込んだ。

「死にたいのか？」

コクッとお千代がうなずいた。

「そうか、死にたいか、今ここでわしがその首を落とそうか？」

はっと驚いた顔でお千代が勘兵衛を見た。

「どうだ。すべてを忘れてもう一度生き直してみないか、生きていればいいこともあるぞ……」

「お奉行さま……」

泣きはらした顔のお千代がまた泣き出した。

「辛《つら》いのは一刻《いっとき》だ。死ねばすべてが終わってしまう。死は恐ろしいものだ。ここでわしに首を斬られたと思って、もう一度生きてみろ、楽しく生きる道を見つけろ。わしが力になる、いいな……」

「お奉行さま……」

泣きながらお千代が勘兵衛の顔を見て、小さくうなずき砂利敷の筵《むしろ》に泣き崩れた。お千代には勘兵衛の気持ちがわかった。

罪を裁く奉行が生きてみろと言っている。そう思うと涙が止まらなかった。お千代は勘兵衛の大きな愛に抱きすくめられた。

牢に戻されるとお千代は泣かなくなった。

むしろ、仙太郎を失って悲しみのどん底に叩き落とされたお駒を必死に励ます。仙太郎は三人の女の復讐《ふくしゆう》のとばっちりを受けて死んだのだ。

お駒には納得がいかない。

どうして仙太郎が死ななければならないのだと、身がよじれるほど悔しい。

だが、若いということは途方もなく素晴らしいことでもある。

それは、良いことも悪いことも、刻《とき》が過ぎれば、どんな辛いことも忘れることができるという力を持っているからだ。

翌朝、長野半左衛門の指揮で、風一味の包囲網を敷くことになった。

そんな時、上方から隙間風の風右衛門が現れた。江戸での仕事の仕上げをするためだ。

白髪の老人だ。

歩くのが苦手なようで、東海道《とうかいどう》を駕籠《かご》で乗り継ぎ江戸に到着した。

「どうだね米蔵、うまくいっているのか？」

「へい……」

「何んだ。みんな浮かぬ顔だな、何があった？」

「実はお頭、例の和三郎が殺されまして……」

「殺された？」

「へい、伝八郎の女のお千代に刺されて昨日、死にましたんで……」

「昨日だと、それでお千代は？」

「北町奉行所に他の女二人と捕まりましたんで……」

風右衛門の顔色が変わった。

「米蔵、この仕事は駄目だな。こうケチがついては投げるしかない。わしは上方に帰る」

さすがに風といわれる男だ。

判断も動きも素早かった。日本橋《にほんばし》の隠れ家に半刻（約一時間）もとどまらず姿を消した。文吉《ぶんきち》という小僧と、室井《むろい》と呼ばれる浪人を連れていた。

米蔵たちはすぐ逃げるか、それとも仕事をしてから逃げるか迷っていた。大きな仕事で、もう一歩だった。

姿を消した風右衛門が現れたのは、浅草の隠居の屋敷だった。二人は大川を見る座敷で向き合っていた。

「この度の仕事の邪魔をしなすったのはあんたはんですか？」

「そう思ってもらっていい、隙間風の。あんたの仕事はきれいだから文句はねえ、だが、米蔵のやり方は気に入らねえ、あんなに江戸を荒らしてもらっては困る……」

「伝八郎のことか？」

「殺しちゃだめだな……」

「あれはわしの失敗だ。殺すつもりはなかったのだ……」

　風右衛門が謝った。

「それに上方にも聞こえていると思うが、北町の米津勘兵衛をなめてもらっちゃ困る。この鮎吉が仕事をしないのも、あの男がいるからだ」

「聞いてはいるが、それほどなのか？」

「あんたはもう江戸から出られねえよ、嘘《うそ》だと思うなら試してみればいい。三途《さんず》の川で閻魔《えんま》と話し合うことになるだろうよ」

「なるほど、そんな男をなぜ殺さねえのか？」

「言われるまでもねえ、殺せるものならとっくに殺しているよ。あの奉行の傍には内与力の望月宇三郎、柳生新陰流《やぎゅうしんかげりゅう》の剣客《けんかく》だ。青木藤九郎は神夢想流居合《しんむそうりゅういあい》の剣客、これは無類の強さだ。彦野文左衛門は鹿島新当流《かしましんとうりゅう》の剣客だ。どこにも隙がない……」

「ほう、あんたはんでも手が出せないか？」

「他にも小野派一刀流《おのはいっとうりゅう》の剣客がずらっと並んでいる。これを倒すには百年以上かかるだろうな。手出しをしない方が賢《かしこ》い……」

「そういうことか……」

強気の風右衛門も納得せざるを得ない。

「わしも、息子の二代目鮎吉に譲ることにした。米蔵が殺した伝八郎の義兄弟だ」

「伝八郎の。それはすまねえことをした」

「和三郎に騙《だま》されたようだから仕方ないが、隙間風の、江戸の仕事はあきらめてくれ、これはわしのためでもあるが、あんたのためでもある」

「そうらしいな……」

「納得したら早く江戸を出ることだ。舟で奉行所の手が届かないところまで送る」

「すまねえ、これで貸し借りなしだな」

「精々、長生きしろ……」

「あんたはんも達者でいてくれ……」

東西の大物が大川端で別れた。

風右衛門は鮎吉の配下の舟で、六郷橋まで海から送られた。風右衛門と文吉、室井の三人は大急ぎで東海道を西に逃げた。

その頃、品川《しながわ》宿の見張り所には、勘兵衛に愛された三人の女が来て見張りについていた。

奉行所からは半左衛門自ら、十五人の同心と、二十人ほどの捕り方を連れてきて厳重に布陣した。何人かの与力も配置された。

その網の中に続々と風の一味がかかった。

お千代はほとんどの風の一味の顔を知っていた。

「あの小走りに来る男とその後ろの男の二人が風の一味ですよ……」

「よし、孫四郎《まごしろう》、倉之助！」

「承知！」

六郷橋まで行かないで捕まる。

「また来ました。あの浪人とその後ろが米蔵です」

「よし、左京之助《さきょうのすけ》、市兵衛《いちべえ》！」

「あッ、仙太郎を殺した二人だ。殺してやる！」

怒りの形相《ぎょうそう》でお駒が飛び出そうとする。その腕を半左衛門がつかんだ。

「お駒ッ、勝手なことをするな！」

「長野さまッ！」

「駄目だ。甚四郎《じんしろう》、金之助《きんのすけ》、早く行け！」

「承知ッ！」

「お駒ッ、落ち着けッ、ここはわしに任《まか》せろ！」

「お駒ちゃん……」

お信がお駒の手を引いて抱き寄せる。

「また来た。あの笠《かさ》をかぶろうとしている男と、その傍にいる小男が間違いなく一味です」

「彦兵衛《ひこべえ》、雪之丞《ゆきのじょう》、行け！」

わずか一刻ほどの間に、上方に逃げようとした風の一味が、素顔を晒《さら》してことごとく捕縛された。

江戸では笠をかぶれないということが悪党どもには致命的になった。悪党にとって顔を晒すということは大きな危険なのだ。

お千代が知っている風の一味全員と、仙太郎を殺した二人が捕縛された。

「お千代、お信、ご苦労だった。六郷橋を渡っていいぞ」

「長野さま！」

「お奉行から話を聞いた。そなた、いい人に好かれたな。早く行け。また会いたいとお奉行が言っていたぞ。顔を見せろよ……」

「はいッ、必ず……」

お千代とお信が無罪放免にされ、生き返って六郷橋に向かう。三途の川を生きるために引き返す。

「お駒、そなたには奉行から話があるそうだ」

半左衛門が誰にも聞こえないように声を潜めた。

「怒っているぞ。お駒が裏切ったとがっかりしていた。気をつけろ……」

お駒が、ささやいた半左衛門をおどろいて見た。いつも怖い半左衛門だがニッと笑う。

品川宿の見張り所が閉じられた。

お千代とお信が楽しそうに三途の川の六郷橋を渡って行く。奉行所に捕縛されて斬首《ざんしゅ》か島流しを覚悟した二人だ。

「ねえ、あの夜、牢から出て行ったでしょ、お千代さん、あれから人が変わったのよね。何があったの、あの人、お奉行さまだった？」

お信は眠くてうすぼんやりしか覚えていない。

「教えない……」

「あの夜、誰かに抱かれたんじゃないの、それで人が変わった？」

「ふん……」

「誰だったの、あの人？」

「教えない……」

「お奉行さまだと思うんだな？」

「教えないもの……」

「一緒に牢に入った仲じゃないか、教えておくれよ、あの人、お奉行さまでしょう？」

「誰にも言わない？」

「言わない。あたしはお喋りじゃないから！」

誰よりもお喋りのお信がお千代に約束する。なんとも暢気《のんき》な女二人だ。

「お奉行さまなの……」

「やっぱりそうなんだ。いいな。それでどうだったの？」

お信が羨ましそうに言う。大年増の二人はまだまだ色気たっぷりだ。陽気でお喋りで、二人でいると死ぬなんてまだまだ勿体《もったい》ない。女は気が変われば強い。

「そりゃ、いいに決まっているじゃないの……」

「いいな。自分だけ、狡《ずる》いよ……」

「だって、呼ばれたんだもの、仕方ないでしょ？」

「そりゃそうだわ……」

お千代は勘兵衛と何かあった。そう思いたいのだ。

そう思うことによって生きられる気がする。女賊がどんなに惚れても手が届くはずがない人だ。だが、あの夜のお奉行のやさしさが身に染みた。

女二人、大騒ぎをしながら三途の川を引き返して行った。生き直すために、幸せをつかむために。

奉行所に戻ったお駒は、勘兵衛に叱られると覚悟している。

半左衛門がお駒を勘兵衛の部屋に連れて行ったがすぐ消えた。いつもいるお奉行の奥方もいない。

二人だけにされた。

勘兵衛が銀煙管《ギセル》に煙草《たばこ》を詰めて火を吸いつけた。

「御免なさい……」

小さな声だ。

スパーッとやって煙草盆《ぼん》に灰を落とした。

「仙太郎の墓は伝兵衛の隣だそうだな?」

「はい……」

「実家は越谷《こしがや》宿に近いそうだ。知っていたか?」

「はい……」

「行ってみるか?」

お駒がうな垂《だ》れていた顔を上げて勘兵衛を見た。

「仙太郎を思い出すから嫌《いや》か?」

「いいえ……」

「お駒、人は死んでも誰かが思い出してくれるうちは死んではいないのだ。越谷宿に行ってこい。仙太郎は越谷宿に帰ったのだ。会ってこい……」

「お奉行……」

「お前も男運のない女だ。越谷から帰ったら生まれ変わったつもりでわしの手伝いをしろ、いいな?」

「はい……」

「鬼屋からの見舞金三十両だ。仕事で死んだわけではないが長五郎が奮発してくれた。この二十両はわしからだ。悲しい気持ちを越谷に置いて来い」

「はい……」

江戸から越谷までは六里（約二四キロ）あまり、千住《せんじゅ》、草加《そうか》、その次が越谷宿で最近できた新しい宿場だった。

女の足でも一日で充分に行ける。

第四章　家康《いえやす》と秀頼《ひでより》

この頃、幕府はとんでもない騒ぎになっていた。

後陽成《ごようぜい》天皇が猪熊教利《いのくまのりとし》による朝廷を巻き込んだ醜聞《しゆうぶん》事件である猪熊事件以来、幕府の甘い処分に不満を持ち譲位《じようい》を口にされている。

家康に対する天皇の抵抗だったが、家康は譲位を納得しなかった。その譲位が実現することになった。

慶長十六年（一六一一）三月二十日に大御所家康は九男義直《よしなお》、十男頼宣《よりのぶ》、十一男頼房《よりふさ》の三人を叙任《じよにん》させ、江戸の徳川宗家を支える御三家《ごさんけ》の構想を実現させるべく布石《ふせき》を打った。

三月二十七日に後陽成天皇が後水尾《ごみずのお》天皇に譲位した。この後水尾天皇に家康の孫徳川和子《まさこ》が中宮に入ることが決まっている。

天皇家は名前の「かずこ」と「ず」が濁《にご》ることを嫌うことから、和子を「まさこ」と読むことにした。

その和子の産んだ後水尾天皇の第二皇女興子《おきこ》内親王が即位して、徳川《とくがわ》家の血を引く女帝明正《めいしょう》天皇が実現する。将軍秀忠は天皇の義父であり祖父ということになる。

これが家康の望みだった。

この譲位にともない、大御所家康は大阪城の秀頼《ひでより》との会見を考えた。

前に秀忠が将軍に就任した時も、家康は秀頼との会見を実現しようとしたが失敗、険悪な関係になりかけたことがあった。

今回は天皇の譲位、新天皇の誕生というめでたいことで、大阪の秀頼も断れないだろうということだが、豊臣《とよとみ》家から領地と権力を奪った家康の狡《ずる》さに、大阪城の茶々《ちゃちゃ》やその側近は不信感でいっぱいだった。

茶々は断るつもりだったが、豊臣恩顧《おんこ》の大名加藤清正《かとうきよまさ》や浅野幸長《あさのよしなが》に、会見するべきだと説得された。家康は四年ぶりの上洛《じょうらく》で何《な》んとしても秀頼に会いたい。

十九歳になった秀頼を自分の目で確かめたかった。

秀吉の妻高台院《こうだいいん》や、信長の弟織田長益《おだながます》などにも説得を要請。それで三月二十八日に二条城《にじょうじょう》で会見することが決まった。

秀頼が大阪城から出るのは十二年ぶりだった。

難攻不落の大阪城にいる限り、秀頼には誰も手を出せないと茶々は考えていた。その秀頼が大阪城から出た。

これが悲劇の始まりになった。

大阪城の留守居に福島正則《ふくしままさのり》を残し、秀頼は織田長益、片桐且元《かたぎりかつもと》、大野治長《おおのはるなが》など、近臣三十人ばかりに守られて舟で京に向かった。

家康は名代《みようだい》として義直十一歳と頼宣十歳を迎えに行かせた。この二人には加藤清正、浅野幸長、池田輝政《いけだてるまさ》、藤堂高虎《とうどうたかとら》が同行し淀《よど》に一泊した。

翌二十八日に京に入った秀頼は、片桐且元の京屋敷で衣服を改めて二条城に向かう。

大玄関まで迎えに出た家康は、秀頼を見た途端、この男は誰だと仰天《ぎようてん》した。

家康は少年の頃の秀頼しか知らない。

そこにいたのは六尺（約一八〇センチ）を超える大男で、三十貫（約一一二・五キロ）ははるかに上回るだろう巨漢だ。

茶々が大女で、大きい女から生まれた子は大きいというが、家康はこれほどかと驚愕《きようがく》したのだ。

その秀頼は礼節を心得た好漢だった。

家康が秀頼に同格の立場を望んだのに、秀頼はあっさりと遠慮して家康を上座に、自分は下座に就いたのだ。

満々たる秀頼の自信があふれている。

この時、家康は五体が震《ふる》えるような殺意を感じた。

この男を生かしておいては、自分が死んでから幕府はつぶされる。堂々たる秀頼の振る舞いと貫禄は、将軍秀忠など子どものようだ。

秀頼の傍《そば》に、高台院と自分の席に着かない加藤清正が座って警戒している。

この巨漢を殺すしかない。

子どもだとばかり思って油断していた。

この時、家康は徳川家の危機を感じ、焰《ほのお》のようにめらめらと湧《わ》きたつ殺意を押し殺すのが辛《つら》かった。生かしておけない。何が何んでも殺す。

この後、家康は理不尽を振りかざして、大阪城に無理難題を押し付け、何んとか戦いに持っていこうとする。

この会見は大阪城側の大失敗だった。

先が長くない大御所家康に、成長した秀頼を見せてしまったことが、豊臣家の滅亡に直結した。高台院も茶々も清正も正則も幸長も、考えが甘かった。立派になった秀頼を家康に見せたくて、読みを大きく間違った。その秀頼を見て家康が殺意を持つとは、誰も気づいていなかったのだ。

家康は狡いだけでなく非情である。徳川家と幕府を守るためであれば、何んでもする男だと、大阪方の人たちは誰も気づいていない。

むしろ京、大阪、堺《さかい》の人々はハラハラしてこの会見を見ていた。そんな不安を振り払うように、何事もなく会見が終わったことで、天下泰平だと人々は祝いをしたという。

ところがこの後、豊臣恩顧の大名が次々と死去して、大阪城に味方しようという大名は一人もいなくなる。

その最初が、家康に、前田利長《まえだとしなが》と一緒に暗殺を計画したと言われ、家督を子の幸長に譲って隠居させられた浅野長政《ながまさ》で、四月七日に亡くなった。

四月十二日に後水尾天皇が即位した。

大御所家康は、巨漢秀頼を見てしまったことで落ち着かなくなった。

若く堂々とした振る舞いは、家康に、どうだこの若さに勝てるかと、ぐいぐい挑発してくるように思える。

薬研《やげん》を転がして薬草を轢《ひ》き砕き、自家製の漢方を飲んで体には気を使っているが、この頃、原因不明の体調不良を感じることが出てきていた。

家康はかつてない不利な戦いに引きずり込まれたと感じている。七十歳になった家康は死の淵《ふち》に立たされていた。

その頃、江戸の神田白銀《しろがね》町では、将軍の愛人お静の出産が迫ってきている。陣痛が始まれば、間もなく将軍の子が生まれる。

予定通り、土井利勝が江戸城の田安門《たやすもん》内にある比丘尼《びくに》屋敷を訪ねていた。

「見性院《けんしょういん》さまに是非《ぜひ》お受けいただきたい願い事がございましてお伺いいたしました」

「土井さまの願い？」

見性院にとって将軍の側近で、実力をつけ老中に昇進した土井利勝が、世捨て人の住む比丘尼屋敷を訪れるとは驚きだ。

「それがしの願いでもあり、将軍さまの願いでもあります」

「将軍さま？」

見性院が居住まいをただした。

「このことは天下の一大事につき、くれぐれもご内聞に願います」

「畏《かしこ》まりました」

天下の一大事と言われては引き下がれない。見性院は武田信玄《たけだしんげん》の次女で穴山梅《あなやまばい》雪斎《せっさい》の正室だった。

本能寺の大変の時、穴山梅雪斎は家康と一緒に堺にいた。

梅雪斎は信長の死を知ると、家康を警戒して行動を別にしたが、それがまずかった。落ち武者狩りに見つかって殺されてしまう。

それでも梅雪斎と見性院の間に生まれた嫡男《ちゃくなん》がいた。ところが不運にもその嫡男も亡くなってしまう。

そこで家康は、見性院に武蔵足立大間木村《むさしあだちおおまぎむら》に五百石を与え、江戸城内の比丘尼屋敷に住むことを許した。比丘尼屋敷にはあまり人が寄りつかない。

静かな屋敷だった。

「将軍さまの乳母大姥《めのとおおうばの》局《つぼね》にお仕えするお静さまというお方が、間もなく子を産まれることになりました」

そこまで聞けば、その子が将軍の子だとわかる。

「その母子を見性院さまにお引き取りいただき、ご養育をお願いしたいのでございます」

「承知いたしました」

驚きながらも、見性院は将軍の子を預かるという仕事を引き受けた。表向きは、決して将軍の子ではない。秘密にしなければならない子だ。

その子が男か女かもわかっていない。

「江戸城内では育てられないお子ですので、お生まれも町家になります」

「江戸から離れた方が？」

「はい、八王子《はちおうじ》辺りなどまことに結構かと……」

土井利勝は賢い男で、見性院の妹松姫《まつひめ》が、信長の息子信忠《のぶただ》が本能寺の変で亡くなると剃髪《ていはつ》して信松尼《しんしょうに》となり、八王子で武田の旧臣に慕われ暮らしていることを知っていた。

将軍が鷹狩《たかが》りに行けるところであれば対面もできる。

それ以上遠いところは安全だが、将軍が会いに行けなくなりまずい。武田家の女たちであれば名門であり、家康が尊敬する信玄の娘たちだ。

切れ者の土井利勝はそれらの条件を考えて検討、そこで白羽の矢を立てたのが比丘尼屋敷の見性院だった。

「わかりました。早速、八王子に行ってまいりましょう」

見性院が引き受けたことで、お静と生まれてくる子の行く先が決まった。

五月七日にお静が男子を出産した。

この子に将軍秀忠は幸松丸《こうまつまる》と名付け、土井利勝の考え通り見性院に預けられた。

幸松丸は聡明な子に育ち、伊那谷《いなだに》の高遠城《たかとおじょう》に入り保科正之《ほしなまさゆき》となる。兄の三代将軍家光《いえみつ》に信頼され、山形藩《やまがたはん》二十万石や会津藩《あいづはん》二十三万石を拝領することになり、水戸光圀《みとみつくに》、池田光政《みつまさ》と並び三名君と呼ばれることになる。

北町奉行所では風の一味がすべて捕縛されると、すぐ石抱きや木馬、駿河問《するがもん》状《じょう》で徹底的に調べた。

中でも伝八郎を殺した米蔵は連日責め抜かれ、何度も気を失ったが、その度ごとに桶《おけ》の水をぶっかけられた。

風右衛門の隠れ家が京の北、紫野《むらさきの》の大徳寺《だいとくじ》と今宮《いまみや》神社の間と判明、京の所司《しょし》代《だい》をよく知る彦野文左衛門が倉田甚四郎と馬を飛ばした。だが、一足遅く風右衛門は所司代の役人が踏み込んだ時には逃げていた。

江戸に行った風の配下が一人も京に戻らず、風右衛門は浅草の隠居の言ったことが本当だと震えあがった。

それも京の隠れ家まで踏み潰《つぶ》されたのだから、大失敗もいいところだった。

自分の仕事はきれいだと、自慢しうぬぼれていた風右衛門は、米津勘兵衛によって叩きのめされた。

「くわばら、くわばら、触らぬ神に祟《たた》りなしだ。江戸は鬼門だな文吉……」

「へい、米蔵の兄いまで戻らねえとは信じられないことで？」

「お頭、米津勘兵衛を斬《き》りたい」

「室井さん、お止《や》めなさい。ああいう化け物には触らないことだ。武家の意地もあるだろうがあきらめておくんなさいな。わざわざ江戸まで行っていただいたんだ。これで文吉とたっぷり飲んで遊んできておくんなさい」

風右衛門が小判五十枚を文吉に渡した。

「お利久《りく》と二人で有馬《ありま》温泉に行ってきますよ。験直《げんなお》しをしねえと次の仕事にかかれませんからね。文吉、室井さんを頼んだよ」

「へい、行ってらっしゃい。室井さん、行きやしょう。五十両あればうまい酒が飲めますぜ……」

「後五十両渡す、みんなと相談して新しい隠れ家を探しておいてくれ……」

「承知しやした」

風右衛門は隙間風のように何んでもやることが素早い。

文左衛門が京から戻ると、越谷に行っていたお駒が江戸に戻ってきた。

「早かったな。もういいのか？」

「はい……」

勘兵衛は喜与に叱られてからお駒にやさしかった。喜与に「女の必死がわかりますか？」と言われた時、勘兵衛はお駒やお千代、お信がどんなところにいるのかわかった。

男を頼り必死に生きている。

そう思い当たって叱る気になれなかった。

「今度好きな男ができたらわしに言え、お前はいい男をつかむが困ったことに男運がない。わしが見てやる。いいな？」

「お願いします」

頭を下げてニッと笑った。

お駒はもう男はいいと思っている。自分に近づく男は死神に取り憑《つ》かれるのだ。惚《ほ》れる自分が悪いというのがお駒の結論だった。

六月になって家康の野望を実現する障害が取り除かれた。高野山《こうやさん》に流された真田昌幸《さなだまさゆき》が九度山《くどやま》で死去した。家康が「あの世に行ったらまず六文銭《ろくもんせん》の昌幸と酒を飲んでみたい」と言い最も恐れた男だ。

徳川軍が二度戦って二度とも敗北した。

天才戦略家、稀代《きたい》の謀略家、昌幸は家康と戦って勝つ方法があると豪語した男だ。この男ほど厄介で底知れない恐ろしさを感じさせる大名を、家康は自分以外知らない。

昌幸の子信之《のぶゆき》は家康の家臣だが、その弟の信繁《のぶしげ》こと幸村《ゆきむら》は、高野山に父と一緒に流されたが、行き場のない妻を連れていた。

そのため女人禁制の高野山に入れず、その麓《ふもと》の女人高野のある九度山に住むことを許された。この幸村の妻は関ケ原《せきはら》の戦いで死んだ大谷吉継《おおたによしつぐ》の娘だった。

大谷家が滅んで行き場がなく、幸村に従って高野山に来た。昌幸と幸村は九度山に真田庵《あん》を作って住んでいた。

この昌幸の死を家康は知らなかった。

昌幸の死から二十日後に、加藤清正が九州熊本 城《くまもとじょう》で死去した。

家康と秀頼の会見の時、秀頼の毒見役で自席に座らず秀頼の傍から離れなかったが、会見が終わって熊本に戻る船の中で清正が倒れた。

家康に毒を食わされたと騒ぎになったが、そうではなく朝鮮出兵の時、多くの武将たちが羽を伸ばして妓生《キーセン》遊びをしたのだ。

そのため、それまで日本にはなかった唐瘡《とうがさ》こと梅毒《ばいどく》に次々と罹患《りかん》してしまった。その病が次々と武将たちの命を奪うことになる。

当然、国内の遊女にもこの唐瘡が広がり、花柳 病《かりゆうびよう》などと美しい名で呼ばれることになる。

秀吉の妄想から生まれた朝鮮出兵は何も得るものがなく、十六万の大軍が大量の唐瘡を背負って戻ってきた。

朝鮮出兵で唯一《ゆいいつ》獲得したものだ。

頼みの清正が亡くなったことで、大阪城の秀頼は窮地に立たされた。時代が大きく動く片鱗《へんりん》を見せ始めていた。

それは、家康が四年ぶりに動いたことから始まった。

その頃、文左衛門の妻お滝の腹がこれ以上は無理というほど膨《ふく》れて、鬼屋から二人の手伝いの女を呼んでいた。

周りの言うことを聞かないで動かないものだから、膨れるだけ膨れてきた。

臨月になると、お滝はわがままの代償を払うことになった。腹の中で育ち過ぎた子は母親の命さえ奪いかねない。

陣痛が始まっても子どもが生まれず、陣痛の苦しさに何度も気を失いそうになった。

「お願いだから殺して……」

「女は誰でもこうなんです！」

産婆と医師に叱られたり励まされたり、七転八倒の苦しみの末に、ようやく男の子を産み落とした。難産もいいところで文左衛門は生きた心地がしなかった。

「お滝……」

「うむ、生まれたよ。死ぬかと思ったもの……」

「よくやったな……」

文左衛門もお滝が死ぬかと思ったのだ。お産に失敗して亡くなることも少なくない。勘兵衛始め半左衛門など奉行所の面々から力が抜けた。

あまりに大きくなったお滝の腹を見て、誰もが無事に生まれるのかと心配していたのだ。

いつも賑《にぎ》やかな北町奉行所だ。

この時、家康を激怒させる事件が起きていた。

二年前の慶長十四年（一六〇九）二月に、肥前《ひぜん》の有馬晴信《ありまはるのぶ》の朱印船がマカオに立ち寄った時、ポルトガル船デウス号の船員と騒乱を起こした。

マカオの総司令ペソアが鎮圧したが、晴信の朱印船の水夫《かこ》六十人ほどが死んだ。

翌年、ペソアは長崎《ながさき》奉行長谷川藤広《はせがわふじひろ》に事件の調書を提出、家康に会って弁明したいと申し出たが、藤広はこの扱いを間違ってしまう。

いざこざがあって事件をうまくさばけなかった藤広は、デウス号に報復を考えていた晴信を焚《た》きつける。

香木の伽羅《きやら》を手に入れる朱印貿易を望む晴信は、家康に許可を願ったりしている。ペソアのデウス号は長崎に留め置かれていた。

そんな時、もとは藤広の家臣で、今は本多正純《ほんだまさずみ》の家臣になっている岡本大八《おかもとだいはち》という男が長崎に派遣された。この男は胡散臭《うさんくさ》い男だった。

長く長崎に留め置かれているデウス号がマカオに逃げようとすると、この時とばかりに晴信の船が襲い掛かり、四日四晩の猛攻に、たまらずペソアが、船の弾薬庫に火を放って自爆する。

そんな晴信は藤広の事件に対する扱いが手ぬるいと不満を持っていた。

同じキリシタンの岡本大八が晴信に接近、今回の活躍に、家康が恩賞として有馬家の旧領、藤津《ふじつ》、杵島《きしま》などを与えようとしているらしいとささやいた。

旧領の回復は晴信の悲願だった。

このありもしない話を晴信は信じた。

岡本大八は、家康の偽《にせ》の朱印状を用意して、旧領回復の工作資金を六千両欲しいと晴信に申し出た。冷静に考えればおかしな話だと気づくはずだが、旧領回復が悲願の晴信は、同じキリシタンの大八の言葉を信じてしまう。

ところが、待てど暮らせど恩賞の話などどこからもない。

ようやくおかしいと気づいた晴信は、駿府《すんぷ》にいる本多正純のもとに赴き、旧領回復の談判《だんぱん》をする。

ここにきて大八の嘘《うそ》が発覚する。

駿府城と長崎という遠い場所の問題で、話がなかなか進展しない。

そんな時、九月二十七日に会津で大地震が発生した。会津城の石垣が崩れる被害を出したが、これは予兆に過ぎなかった。

この頃まだ、三陸《さんりく》という呼び名はなかったが、巨大地震と巨大津波が三陸海岸を襲った。

十月二十八日の巳《み》の刻《こく》（午前九時～一一時）過ぎ、少し大きめの地震が三度襲ってきた。それから半刻ほど経《た》った昼八つ（午後二時）頃、見る見る海が盛り上がって大津波が襲来した。

地震の大きくない津波地震だった。

津波の高さ十一間（約一九・八メートル）あまり、逆流した海が盛り上がりながら、半里（約二キロ）以上も先まで水浸しにして山に迫って行った。

百姓家がことごとく流され、田畑は海水に沈んだ。

伊達《だて》領内だけで五千人の犠牲者を出す大惨事になった。海水に沈んだ田んぼからは十年間も米がとれなかった。

それでも人々は高台に移ろうとはしない。

土地から離れられないのが百姓で、太古から何度も同じ大津波に見舞われ、その度ごとに過酷な土地と共に復活してきた。

地震が小さく、大津波が襲来する津波地震は怖い。まったく地震がないまま、突然に海が盛り上がる津波だけの地震が最も恐ろしい。

疫病《えきびょう》や地震は人知では如何《いかん》ともしがたかった。

伊達の米は江戸を支える米でもある。

伊達藩は、近江《おうみ》と常陸《ひたち》の飛び地を含めて、表高が六十二万石というが実高ははるかに多く、百万石近かった。

この伊達の米が江戸に入らなくなれば、その代替えを探すのに苦労する。まだ、地震だから一部だけの被害ですんでいるが、冷害や旱魃《かんばつ》など飢饉《ききん》になると、北の方が全滅したり、西の方が全滅したりする。

米が法外に値上がりしないように見張るのも奉行所の仕事だ。

この地震の影響が何年続くかが重要になる。

幕府も江戸の米の値段には神経をとがらせていた。米の値段が他の品物の値段に影響するからである。

第五章　室《むろ》井長《いちよう》十郎《じゆうろう》

江戸の街に、大鳥逸平《おおとりいっぺい》という途方もない傾奇者《かぶきもの》が現れた。これは勘兵衛のみならず家康までも巻き込む一大事の始まりであった。

この頃、北町奉行所はまた猛烈に忙しくなった。

訴訟は相変わらず多く、奉行の勘兵衛は忙殺された。そんな時、あちこちの商家や武家や寺社に忍び込んで十両、十五両と持って行く盗賊が現れた。

「半左衛門、例の盗賊だが、ずいぶん荒らし回っているな？」

「はッ、どこも十両前後なのですが、届け出てきたものは七件にございます」

「七件か？」

「商家と寺だけにございます」

「すると倍ぐらいか？」

「はい……」

勘兵衛が倍ぐらいといったのは、武家の屋敷にも、それぐらいの件数の被害が出ているだろうということなのだ。

武家は盗賊に入られるなどは恥であり、被害が出たなどとは決して言わない。

「当家に賊が入れば斬り捨てるまででござる」

もし、賊が捕縛され、どこどこに入りましたと白状しても、武家がそれを認めることはない。

「何かの間違いであろう。当家にそのような事実はない」

武家は面目こそが大切で、恥になることは認めないのである。

「不忍《しのばず》の直助親父《なおすけおやじ》やお駒に探索させるしかないだろう」

「はい、この盗賊は一人でやっている仕事でしょうから、尻尾をつかむのが難しくなっています」

「うむ、そっちにあまり人手はさけぬぞ……」

「承知しております。それより例の大鳥逸平の仲間が、このところ急に多くなっております」

「厄介な旗本奴《はたもとやっこ》よ……」

「あの者たちは徒党を組みますので、数を頼みに暴れます」

「同心が絡まれるか?」

「はい、昼から酔って、質《たち》の悪い悪戯《いたずら》を繰《く》り返しております」

この無頼の旗本奴、町奴の問題は、幕府の大きな問題だった。浪人問題より、この旗本の子弟や奉公人の問題は幕府を苦しめていた。

老中との打ち合わせや評定《ひょうじょう》でも再三問題になった。

町奉行として勘兵衛も考えを述べてきたが、なかなか効果的な解決方法のないのが実情だった。

「同心に無理をさせるな。怪我《けが》をされても困る……」

無頼だが旗本の子弟だけに、さすがの勘兵衛でも腰が引ける。

大鳥逸平は、これから百年を超えて幕府が頭を悩ますことになる、無頼の旗本奴、町奴などの走りで、この後、譜代《ふだい》の旗本水野十郎左衛門《みずのじゅうろうざえもん》が現れ、六方組《ろっぽうぐみ》と か白柄組《しらつかぐみ》などの大傾奇者たちが出現することになる。

この大鳥逸平は、本多信勝《のぶかつ》の行列の先を歩く徒歩《かち》という軽輩《けいはい》だった。

ところが、何が気に入らないのか本多家を逐電《ちくでん》、大久保長安《おおくぼながやす》の配下の大久保信濃に仕えて士分になる。

若くして武士の素質に恵まれ、弓や鉄砲、槍《やり》などの武術を身につけ、馬に乗ることも許された。江戸城の天下普請では人足元締なども務めている。

逸平は京が活動の中心だった。

そんな時、本多家は大久保家に逸平の返還を申し入れた。

本多家に戻ることになった逸平は、何を勘違いしたのか思い上がり武装した子分を五人と犬を連れ、馬に乗って現れたので、本多家ではこれは駄目だと召し使うのをあきらめ、衣服などを与えると丁重に大久保家に返した。

乱世の傾奇者に憧《あこが》れているようでは大久保家でも務まらない。

大鳥逸平は大鳥勘解由《かげゆ》などと名乗って、江戸に出てくると浪人となった。一年前のことだった。

うまくいかなかったからか武家に対する反発が強く、旗本や大名の中間《ちゅうげん》や小者などの奉公人を集め、徒党を組んで異装、異風の男伊達を気取って、町場に出て無頼な振る舞いをするようになった。

大風嵐之助、天狗魔右衛門、風吹藪右衛門、大橋摺右衛門などと、ふざけた名を名乗る子分を引き連れて歩いた。

武張《ぶば》った厳物造太刀《いかものづくりのたち》に「二十五まで生き過ぎたりや一兵衛」と銘《めい》を切って担《かつ》ぎ、いつ死んでもいいと大見得《おおみえ》を切って、好き勝手な無頼の振る舞いを続けた。

ところが、いつの世もこういう馬鹿者に同調する愚か者がいて、たちまち子分が三百人と膨れ上がる。

まさに江戸を席巻《せっけん》する勢いで誰も止められない。

これらの無頼の中に大鳥逸平の正体を知らずに、軽々に近づいた大馬鹿者の旗本の子弟、穂坂長四郎《ほさかちょうしろう》、坂部金太夫《さかべきんだゆう》、岡部藤次《おかべとうじ》などが入っていた。

「好きなだけ飲んで食え！」

「頭領のお許しが出たぞッ！」

「おいッ、女ッ、ここはとろろ汁だそうだな。味を見てやる、店にあるだけ持って来いッ！」

舟月《ふなづき》にも無頼漢が現れた。お文《ぶん》は恐ろしさのあまり凍《こお》り付いてしまう。

「あの……」

「何だ親父ッ、文句があるのかッ、すっこんでいやがれッ！」

お文の父親がしたたかに頬《ほお》を張られて土間にひっくり返った。好き勝手に飲んで食って、銭も払わずぞろぞろと店から出て行った。

こんなことが江戸のあちこちで起きている。

刀の鞘《さや》に触れたとか、肩が触れたなど誰かれなく言いがかりをつけて、酒代の強請《ゆす》りたかりは日常茶飯事だった。

勘兵衛が登城すると、痛風《つうふう》で歩くのに苦労している老中大久保長安に呼ばれた。

「米津殿、呼びだてしてすまぬな……」

「いいえ、お加減はいかがにございますか？」

「良くない。駿府に戻るが、箱根の湯でしばらく養生だな……」

「天下の総代官さまには、いつまでもお元気でいていただきたく存じまする」

「うむ、ところで例の大鳥逸平の馬鹿者の話だが、江戸に出てきてずいぶん迷惑をかけているようだな？」

「はあ……」

「あの男が化け物になったのはわしの責任だ。当方で捕まえるがいいか？」

「はい、結構でございます」

「そうか……」

「お力添えができればいたしますが？」

「いや、捕らえる方策はある。あの者は相撲《すもう》が好きでな、罠《わな》を仕掛ける……」

長安がニッと笑った。

「ところで、わしの領地の八王子に、千人同心がいるのは知っているな?」

「はい、以前は五百人同心だったかと……」

「うむ、大御所さまのお許しで千人にしたのだ。西への守りだ。その八王子に信松尼さまがおられるのも知っているだろう?」

「存じ上げております。信玄さまのご息女にて織田中将信忠さまのご正室とか?」

「そのように言われている。実はその寺に江戸城の比丘尼《びくに》屋敷にお住まいの見性院さまが、見知らぬ母子を連れて入られたというのだ……」

そういうと長安が声を潜めた。

「誰の妻子か知らぬか?」

「さて、田安門の比丘尼屋敷、心当たりはございませんが?」

「そうか、知らぬか……」

長安は将軍秀忠の隠し子ではないかと疑っていた。

信玄の娘二人を動かすとなれば、それぐらいしか考えられない。

武田の旧臣だから長安は信松尼と親しいが、誰かが簡単に母親と赤子を預けられるような人ではないのだ。

その日、勘兵衛が下城すると喜与とお幸が大騒ぎをしている。

「どうした？」

着替えながら喜与に聞いた。

「間もなく生まれるのです」

「お志乃か？」

「はい、陣痛が始まりました」

「そうか、安産だといいがな。お滝が苦労したから……」

勘兵衛が着替え終わるとお幸が飛び込んできた。

「生まれました。姫さまです！」

「ほう、早いな……」

お志乃はお滝と違い、陣痛が始まると半刻（約一時間）ほどで産んでしまった。手伝いのお滝があっけに取られている。自分は一日以上苦しんだのだ。

何がどう違うのよと、お滝らしく考える。

そんな中で正月が近づくと、幕府からにわかに将軍の鷹狩りが触れ出された。大軍を引き連れて、鷹狩りの場所は八王子方面だという。

勘兵衛は大久保長安の言ったことを思い出した。

将軍の行列に無頼の奴《やつ》らが悪戯をしないように、南北町奉行所から人が出て厳重な警戒に入った。勘兵衛も火事場に出るような装備を身に着け、陣笠《じんがさ》をかぶって馬に乗ると奉行所を出ていった。

「八方に目を配れッ、怪しい者は押し包んで斬ってしまえ！」

勘兵衛の周りには内与力の宇三郎、藤九郎、文左衛門、与力の青田《あおた》孫四郎と倉《くら》田《た》甚四郎の剣客が固めている。

将軍は城の西、半蔵門《はんぞうもん》から出て甲州《こうしゅう》街道を内藤新宿《ないとうしんじゅく》に向かい、鷹狩りをしながら八王子に行くのが目的だ。将軍も人の子で、愛するお静と幸松丸に会いたい。

勘兵衛は半蔵門の傍で馬から降りて控えた。

この寒い季節は鶴《つる》や雁《かり》、鴨《かも》や雉《きじ》など鷹狩りの獲物は種類も量も多い。

城中で育てられたえりすぐりの鷹が十五羽、鷹匠《たかじょう》の腕にとまっている。中でも雪のように白く一点の汚れもない白鷹は、なかなか手に入らず珍しく、将軍の自慢だ。

続々と行列が出てくる。

将軍秀忠を守る大番組の中に若林隼人正がいて、目が合うと勘兵衛に会釈をして通り過ぎた。

疋田新陰流《ひきたしんかげりゅう》の剣客、高田弦之助は咲姫に見初められ、とんとんと話が進んで若林家の婿になった。二人は歳《とし》の離れた夫婦だが仲が良く、用人の長岡伝七郎も大満足で、奉行所に時々顔を出す。

四半刻（約三〇分）が過ぎて行列が途切れると、勘兵衛一行は呉服橋《ごふくばし》御門内の奉行所に戻るため、神田の方に山を下りていった。

勘兵衛は途中から騎乗した。

平川御門《ひらかわごもん》の前から呉服橋御門はそう遠くない。平川御門には平川橋という橋が架《か》かっている。

この辺りは家康が関東に移ってきた時、平川村というところで、後の神田川こと平川が流れていた。

その平川の流れを堀にして架けた橋が平川橋である。

橋の前を通り過ぎようとした時、勘兵衛の馬の前に浪人が立ち塞《ふさ》がった。文左衛門と甚四郎がサッと前に走った。

「何者だッ！」

「お前たちに用はない」

「そうはいかんッ、北町奉行と知っての狼藉《ろうぜき》かッ！」

「勘兵衛、馬から降りろ、それとも逃げるか？」

「先《ま》ずは名乗れ……」

馬上から勘兵衛が声をかけた。

「室井長十郎《ちょうじゅうろう》だ」

「聞かぬ名だが、わしへの恨みか？」

「恨みはない。恥をかかされた」

「ほう、どのような恥かは聞くまい。わしを斬っても逃げられぬぞ。ここにいるのはわしの自慢の剣客だ」

「知っている。柳生新陰流望月宇三郎、神夢想流青木藤九郎、鹿島新当流彦野文左衛門、小野派一刀流青田孫四郎、柳生新陰流倉田甚四郎の五人だ」

「そこまでの覚悟であれば仕方あるまいな」

「お奉行！」

宇三郎が、馬から降りようとする勘兵衛を止めようとした。

「それがしがいたします」

「宇三郎、室井殿はわしに恥をかかされたと訴えている」

「しかしながら！」

勘兵衛が馬から降りた。

「室井殿、おぬしは風の一味だな？」

それを聞いて長十郎が少し狼狽《うろた》えた。

「そういうことか、風右衛門はこのことを知っているのか？」

長十郎は答えない。

風右衛門は妾《めかけ》のお利久と有馬温泉で年を越そうとしている。長十郎は文吉を説得して江戸に出てきたのだ。

その文吉は少し離れた石垣のところから見ていた。

「風右衛門はこのことを知らないようだな」

勘兵衛は一歩、二歩と前に出た。

「お奉行！」

「手出しをするな」

長十郎がゆっくり太刀を抜く。それに合わせて勘兵衛もゆっくり刀を抜いた。

長十郎は右下段に構える変則的な剣で、少し捻《ひね》って剣先を隠すようにしている。

勘兵衛は中段に構えている。

だいぶ前になるが、盲目《もうもく》の剣豪富田勢源《とだせいげん》の弟子鐘捲自斎《かねまきじさい》の弟子で、伊藤一刀斎《いとういっとうさい》という強い剣客がいた。

この一刀斎に善鬼《ぜんき》という淀川《よどがわ》の船頭だったが強い弟子と、安房《あわ》の里見《さとみ》家《け》の家臣で神子上典膳《みこがみてんぜん》という強い弟子がいた。一刀斎は非情にもこの二人を戦わせ、勝った方に一刀斎の差料瓶割刀《かめわりとう》を与えると言った。

つまり後継者を決めるということだ。

この戦いは下総《しもうさ》小金原《こがねはら》において真剣で行われ神子上典膳が勝った。

その神子上典膳から若い頃、勘兵衛は一刀流を伝授された。このことを勘兵衛は誰にも言わないが、結構強いのだ。

この神子上典膳が母方の姓小野《おの》を名乗り小野忠明《ただあき》になり、小野派一刀流を開いて開祖となって、柳生宗矩《むねのり》と並んで将軍家の剣術師範になった。

勘兵衛は自分の剣は伊藤一刀斎と神子上典膳の剣で、小野派一刀流ではなく伊藤一刀流だと思っていた。

勘兵衛を斬りたい室井長十郎の剣は変則的で怪しげな殺人剣だ。人を斬りたい殺気が長十郎の五体から放たれている。

宇三郎たち五人は固唾《かたず》を飲んで見守っていた。

遠間《とおま》から勘兵衛がすり足で間合いを詰める。長十郎も強気に間合いを詰めてきた。どちらかが倒れる危険な勝負だ。

長十郎が左に回ろうとするが、その先に勘兵衛が動いて長十郎を自由にさせない。長十郎の首に青筋が浮かんで不満なのだ。

そこを広げるように勘兵衛が右へ右へと押していく。

気迫では勘兵衛も負けてはいない。

それを嫌がって長十郎が左足を引いた。その瞬間に勘兵衛が前に出た。

長十郎の隙だ。

凄《すさ》まじい気合で長十郎の剣が、シャーッと下段から袈裟《けさ》に斬り上げたが、それは明らかに苦し紛れの剣で空を斬った。一瞬、長十郎の右胴ががら空きになった。

そこに勘兵衛の剣が深々と入って後ろに抜けた。

勘兵衛は長十郎とすれ違っている。手応《てごた》えは充分で、背後でドサッと倒れた音がした。

「お見事ッ！」

勘兵衛は大きく息を吐き懐紙を出すと、刀の血と脂《あぶら》をゆっくり拭《ぬぐ》い取ってから鞘《さや》に戻した。

「お見事でした！」

「うむ、強い剣士が自信過剰だと、思わぬところに隙ができるものだ。この男は強い。だが、自分の弱いところを知らぬまま死んだ。少しは優しくなれたものを、そこが哀れだな……」

室井長十郎は浅草の鮎吉のところから、こそこそと舟で六郷橋まで逃げたことを恥だと感じ、そこまで追い詰めた勘兵衛を斬ると決めたのだ。

悪さをすればそういうこともあると思えば何んでもないことだが、自分は強いと思いあがり、長十郎のように考える悪党は多い。

勘兵衛が奉行所に戻るとお駒が来ていた。

「例の、一人で仕事をする男だな？」

「はい、半次郎《はんじろう》という男ではないかということです」

「半次郎？」

「引波《ひきなみ》とも呼ばれているそうです」

「引波とはおもしろいな」

「知らぬ間に消えているという意味だそうです」

「なるほど……」

勘兵衛がニッと微笑《ほほえ》んだ。傍の喜与がうれしそうなのだ。

「何か？」

「お駒、元気になったな」

「あの……」

「それで、その半次郎とは何者だ。どこにいるのかわかっているのか？」

「所在はわかりませんが、簪《かんざし》などを作る職人で、身が軽く手先が器用だということです」

「簪職人か、そう多い数ではないな……」

「はい、簪を扱っているお店を当たってみます」

「逃げられないように、焦ることはないぞ」

お駒が仙太郎を失ってから、勘兵衛は気を遣っている。

「お駒さん、ちょっと奥においでなさい……」

喜与がお駒を奥に連れて行って、当座の小遣いとお幸とお揃《そろ》いの着物を着せてみる。お駒はやさしい喜与を姉のように思い大好きなのだ。

第六章　吉原《よしわら》誕生

慶長十七年（一六一二）の年が明けた。

正月早々、娼家《しょうか》を営む庄司《しょうじ》甚《じん》右衛《え》門《もん》が現れた。

三十八歳になった甚右衛門は一段と貫禄が出て、大鳥逸平のような無頼の大傾奇者でも、色町で勝手な振る舞いができないようになっている。

無法なことをすれば、知らぬ間に消されて、日本橋川《にほんばしがわ》か江戸の海に浮かぶ仕組みになっている。

「甚右衛門、繁盛《はんじょう》しているそうだな？」

「お奉行さま、あっしらのような忘八《ぼうはち》が儲《もう》かるようではいけないのでして……」

「そう言うな。江戸は男ばかりだ。甚右衛門、これは百年治らない病だぞ」

「はい……」

「そこをうまくやらねば女の奪い合いになって大荒れになる。そうならぬようにうまくやるのがそなたの仕事だ」

「はッ、承知しております」

甚右衛門がいう忘八とは、仁義礼智忠信孝悌《じんぎれいちちゅうしんこうてい》の八徳を忘れた者という意味で、妓楼《ぎろう》や娼家などを営む甚右衛門のような主人や、そういう遊里に遊びに行く者などを言う。

「今日は何か？」

「はい、江戸に駿府城下の二丁町《にちょうまち》のような場所を、ぜひ作らせていただきたくお願いに上がりました」

「遊里だな。場所は？」

「頂戴《ちょうだい》できる土地であればどこでも結構でございます」

「二丁町か……」

勘兵衛は難題だと思った。

大御所家康が許可した二丁町だからといって、それをそのまま江戸に実現するには反対も出そうだ。やさしい話ではない。

江戸は男が増え、男五人に女が一人という状況は変わっていない。もっとひどくなっている可能性さえある。

勘兵衛は百年の病といったが、幕末でさえ男二人に女が一人という状況で、百年どころではなく二百六十年の病になる。

「お奉行さま、お許しをいただく条件でございますが、一つに、客は一晩の飲み泊めはさせますが連泊はさせない。二つに、騙《だま》されて売られた娘は親元に帰す。三つに、犯罪者は届け出る。この三つの条件でいかがでしょうか？」

「三条件か、連泊はさせない。騙された娘は帰す。犯罪者は届けるか……」

「これ以上縛《しば》りますとかえって約束にならないかと……」

「なるほど、奉行所が恐れるのは、正直なところ風紀の紊乱《びんらん》だ。遊里の中のことは外に出さないよう管理できるか？」

「はい、忘八にも意地がございます」

「うむ、それで妓楼はどうする。好き勝手に建てられては困るぞ」

「それは駿府城下の二丁町から、三条件を守れる者だけを連れてまいります」

甚右衛門の構想はでき上がっているようだった。こういう大きな計画には構想力、想像力があるかが大きな問題になる。

黄金の力で無理矢理やるのは、どこかで破綻《はたん》しかねない。

「相分かった。老中と相談してみよう」

「何分にも、よろしくお願いいたします」

勘兵衛は構想力のある甚右衛門ならやれるだろうと思う。日に日に人が増える江戸には、確かに大きな遊里が必要だと思っていた。だが、その遊里のことを勘兵衛はまったくわからない。

こうなると、勘兵衛が甚右衛門を信じるか否《いな》かだ。

「ところで甚右衛門、お元《もと》はいい女だ。今は幸せだぞ……」

「はい、お奉行所にいることは存じておりました。幾松殿と一緒になったことも存じております。有り難いことにございます」

「忘八にも慈悲はあろう」

甚右衛門は答えなかったが小さくうなずいた。

正月から重い問題だが、勘兵衛は町奉行として、甚右衛門の願いを上に上げることにした。

その甚右衛門が置いて行った菓子折りには二百両が入っていた。

「宇三郎、これを勘定方に回しておけ、忘八の上前をはねるとは米津勘兵衛も相当な悪人だな。困ったものだ……」

勘兵衛がにやりと笑う。

宇三郎はそうだともそうでないとも答えようがない。だが、奉行所の賄《まいない》や、三十俵二人扶持《ぶち》の同心の懐《ふところ》が、かなり苦しいことを宇三郎は知っている。

勘兵衛は、甚右衛門の願い出をよくよく考えてみた。

どう考えても江戸の男女比を一対一に近づける方策がない。男五人に女一人というのは、異常事態を通り越して危機的ともいえる。

女をめぐっての混乱などになれば目も当てられない。

一揆《いっき》よりひどいことになりかねないと勘兵衛は考えた。江戸での騒乱は何が何んでも阻止しなければならない。

これまで幕府は、風紀紊乱の元凶になると正式には許可していないが、自発的にあちこちの町に娼家ができ始めていた。それを野放しにするより、駿府城下の二丁町のように、一ケ所に大きくまとめたほうが安全だろう。

大御所家康のお膝元ということもあろうが、二丁町は自らを規制して独特の自治を保っている。

こういうことには幕府があまり口出しをしないで、遊里の自己管理を信じるしかないように勘兵衛は思う。それは先に立つ庄司甚右衛門の力量しだいだ。

そう考えれば、甚右衛門が自ら出してきた三条件は好ましい。この三条件を守れれば、無法な遊里にはならないと言いたいのだ。

問題は「騙されて売られた娘は親元に帰す」だが、大場《おおば》雪之丞の妻お末《すえ》のように、親が狙われると厄介なことになる。美人の娘を持つ親は狙われるのだ。

美人の娘は何千両も稼ぐわけだから当然のことで、騙した、騙されたの訴訟が増えるかもしれないと思われた。

とはいえ、上に上げるのに、二丁町と同じというのが強みだ。

庄司甚右衛門は幕府が許可しやすいように、大御所が作った二丁町と同じとか、自らを縛る三条件を出してくるなど、なかなかの策士だ。

勘兵衛は登城すると、書類を老中本多正信《まさのぶ》に提出した。

正信は大御所家康の側近で、駿府の二丁町誕生の経緯をよく知っていると思われたからだ。

「庄司甚右衛門か、これまでも何度か願い出ていたようだな？」

「はい、風紀紊乱のことがあり、実現しませんでした」

「この度は？」

「ご老中もご存じの通り、江戸の男女比が極端になり、男五、六人に女一人という者もおります。このままでは混乱が起きかねないと考えましてございます。また、あちこちに好き勝手に娼家が増えるのも危険ではないかと考えましてございます」

「そうか、ここに二丁町のようにとあるが、この庄司という男はたしか駿府の二丁町の者だったな?」

「はい、出自は北条《ほうじょう》家にて、家老松田尾張守《まつだおわりのかみ》の家臣だったと聞いております」

「それはわしも聞いている。この件についてわしは反対ではないぞ。他の老中に回しておこう。土井殿にはおぬしから話しておけ……」

「承知いたしました」

「ところで一つ聞きたいのだが、例の大鳥何某《なにがし》という傾奇者だがどうなっている?」

「はい、大久保長安さまが召し取るとのことにございます」

「ほう、石見守《いわみのかみ》が?」

勘兵衛は言ってしまってから気づいた。本多正信と大久保忠隣《ただちか》は老中同士で犬猿の仲なのだ。一方が右といえば一方は必ず左という政敵だ。

大久保長安は、家康が大久保忠隣に預け、長安は甲斐《かい》で名乗った土屋《つちや》から姓を大久保に代えたのである。

この二年後に大久保忠隣は、本多正信の謀略によって失脚、大久保家はお家断絶になるのだが、この時、勘兵衛は二人が政敵ということに思い及ばなかった。

勘兵衛は土井利勝にも会って、遊里設置のことを話した。

「わしは二丁町のことは知らないが、江戸の男と女の人数がそんなに違うとも知らなかった。二対一ぐらいかと思っておった。由々しき問題だな……」

「こういうことは信頼できる者に任せてみることも方法かと思います」

「庄司甚右衛門という男は信頼できるのか？」

「なかなかの男かと……」

「そうか。そういう者たちを忘八というそうだな？」

「はい、それだけに、忘八をまとめるには、にらみの利く男でないと無法地帯になりかねません」

「うむ、よくよく検討してみよう」

土井利勝も反対はしなかったが慎重だった。

こういうものを一度許可すると、廃止することはほぼ困難になる。事実、この遊里は江戸に三百五十年近くも存在することになる。

この頃、駿府城は重大な事件を抱えて大揺れになっていた。それは例の岡本大八事件が大きく進展したからだ。

この岡本事件にかかわる長崎奉行の長谷川藤広の妹お夏《なつ》が家康の側室、一方の有馬晴信の嫡男有馬直純《なおずみ》の継室が家康の養女国姫《くにひめ》だった。

岡本大八は老中本多正信の嫡男で、同じ老中の本多正純の家臣なのだ。何んとも厄介な事件になっていた。

国姫は直純の洗礼名ミゲルを捨てさせるなど動きが速かった。キリシタンのままでは危険だということだ。

この事件はお夏と国姫、老中正純のことがあって誰もかかわれない。結局、大御所家康に委《ゆだ》ねられることになった。

家康はすぐ駿府町奉行の彦坂光正《ひこさかみつまさ》を呼んで、大八の捕縛を命じた。この彦坂が駿河問状《するがもんじょう》を考案した男だ。

岡本大八は二月に捕縛される。

彦坂光正は、知らぬ存ぜぬと強情な岡本大八を、早速駿河問状にかけた。

考案者の彦坂の拷問《ごうもん》は壮絶だった。

「大八、これ以上背中に石を乗せると背骨が折れるぞ。いいのか?」

「苦しい……」

「まだ喋《しゃべ》れるか、もう一つ石を乗せろ！」

「やめろ、言うからやめろ、下ろしてくれ……」

「駄目だ。喋るなら石を一つ下ろす。どうだ？」

「わかった……」

「一つ下ろせ！」

「朱印状は偽造した……」

強情な岡本大八も、駿河問状には耐えられなかった。

「他には、有馬殿を騙したな？」

「違う、有馬は長崎奉行の暗殺を計画していた……」

「何んだと！」

大八の重大な自白だ。

この一言で事態が思わぬ方に転がった。有馬晴信は、ペソアに対して手ぬるいと、大八の前で藤広への不満を言ったことがある。

大八は自分の悪事を棚に上げて、この不満を晴信が藤広の暗殺を計画したと言い張った。

それを聞いた家康は、本多正純に、岡本大八を江戸に送り、大久保長安に調べさせろと命じた。

三月十八日に大久保長安邸で、有馬晴信と岡本大八の対決が行われた。この時、晴信は長崎奉行長谷川藤広への不満を認めてしまう。

大久保長安の裁断は厳しかった。

岡本大八は駿河安倍川《あべがわ》河畔で火焙《ひあぶ》りの刑と決まり、即刻、駿府に連れ戻され、家康の了承のもと二十一日に城下を引き回し処刑が行われた。

翌二十二日には有馬晴信が領地没収の上で甲斐に流罪《るざい》、嫡男直純は家督相続が認められ、お構いなしとなるが、やがて晴信は切腹を命じられる。だが、キリシタンの晴信は自裁することができず家臣によって斬首された。

長崎奉行の長谷川藤広はお構いなしである。

藤広は、莫大《ばくだい》な儲けになる香木の伽羅《きゃら》の買い付けをめぐって、晴信とは犬猿の仲だった。

この事件はマカオという異国で起きた事件が始まりだったが、朱印貿易が絡み、キリシタンが絡み、最後は家康の側室や養女が絡む重大事件になった。

大久保長安が、家康はもちろん、側室や養女に傷がつかないよう、見事に裁いてこの難事件を終わらせる。

江戸城では北町奉行米津勘兵衛から出された遊里の設置案について議論され、老中によって許可することが決定した。

このことは勘兵衛が登城した時、土井利勝から通達された。

「米津殿、遊里のことだが許可することになった」

「はい……」

「場所だが日本橋葦《よし》町の外れ道三河岸《どうさんがし》だ」

「道三河岸？」

「僻地《へきち》で葦の茂る原っぱだそうだ。そこに駿府の二丁町と同じように二町四方の土地を与える。条件は例の三条件でよいということだ」

「承知いたしました」

「風紀の乱れだけは困るぞ」

「はい、見廻《みまわ》りを厳重にいたします」

「それにしても、庄司甚右衛門とはなかなかの策士だな？」

「元は武家にございますから……」

そんな話をして利勝と勘兵衛が笑った。

ここに遊里の設置が確定する。勘兵衛は下城するとすぐ甚右衛門を呼び出した。

「甚右衛門、決まったぞ！」

「ありがとう存じます。場所はどちらで？」

「うむ、日本橋葦町道三河岸だ」

「えッ、日本橋？」

「そうだ。葦の原っぱで僻地だそうだが、不満か？」

「いいえ……」

甚右衛門は日本橋のような江戸城の近くではなく、大川の畔《ほとり》とか大川の向こう側とかを考えていた。それが江戸城のすぐ傍で驚いたのだ。

「駿府の二丁町と同じ二町四方が下賜《かし》される。幕府の遊里ということになるのだぞ。わかっているな。不埒《ふらち》なことがあれば、わしが取り潰《つぶ》さねばならなくなる」

「承知しております。この忘八が命に代えてお約束いたします。お奉行さまや政治向きにご迷惑をおかけすることは決してございません」

「わかった」

「まずは二丁町から女たちを呼ぶようにいたします」

「うむ、そうしてくれ、端《はな》から素人では困るからな」

甚右衛門の計画通り、駿府の二丁町から一部を移転させ、建物ができれば明日からでも仕事を始められる。

それに駿府城下の二丁町を見習うといえば、大御所家康も悪い気はしないはずだ。甚右衛門はそこまで読んでいると思われる。

建物は鬼屋長五郎の仕事だ。

この日本橋葦町道三河岸の葦の原っぱは、すぐ切り開かれ、葦原《よしわら》という華やかな遊里が出現する。

縁起を担ぐ遊里は、葦原では寒々しく具合が悪い。華やかで縁起のいい吉の字に変えて、吉原《よしわら》にすべきだと決まる。

ここに天下の遊里吉原が誕生する。遊里の惣名主《そうなぬし》は、奉行の信頼の厚い庄司甚右衛門だ。

だが、この日本橋吉原の命運は長くなかった。

四十五年後の明暦《めいれき》三年（一六五七）三月の振《ふ》り袖《そで》大火（明暦大火）によって、江戸全域が丸焼けになると、吉原も焼け落ちた。

勘兵衛の死後、五代目北町奉行石谷《いしがい》左近将監貞清《さこんのしょうげんさだきよ》は、日本橋吉原の移転を考える。

江戸城の目の前に大きな遊郭では具合が悪い。

移転の候補地は浅草と本所《ほんじょ》だった。

ところが吉原の楼主たちは、このまま日本橋に再建したいと願い出る。北町奉行の左近将監は聞き入れず、逆に移転の条件を提示した。

左近将監は何んとしても移転させたい。

その条件は、一つに三町四方に拡大する。二つに夜の営業を許可する。三つに吉原の営業を妨害することになる私娼を扱う風呂《ふろ》屋を二百軒潰す。四つに一万五千両を特別に支給するなどだった。

結局、この条件を楼主たちは飲むことになる。

その上で北町奉行石谷左近将監は移転先を、浅草田んぼ日本堤《づつみ》と決めた。ここに三町四方の新吉原《しんよしわら》が誕生、日本橋吉原は元《もと》吉原と呼ばれることになるのだ。

鬼屋は殺人的な忙しさに見舞われた。

幾松たち職人や大工は、立ったまま飯を食うありさまで、楽しみな遊里建設が突貫で進められた。だが、お元のいる幾松がこの遊里に顔を出すことはないだろう。

この遊里は一晩千両といわれるほど繁盛する。

駿府城下の二丁町から移転してきた遊郭は、甚右衛門の考えもあって遊ぶ値段を高くしなかった。

そのため、女に溢《あぶ》れている江戸の男たちは銭を握って吉原に走った。

「橘屋《たちばなや》の浮舟《うきふね》はいいねえ……」

「あっしはやっぱり西田屋《にしだや》の夕霧《ゆうぎり》だな。見ているだけでいいや……」

「高嶺《たかね》の花か？」

「ああ、悔しいが上がるのは無理だ」

「おれは海老屋《えびや》の紅葉《もみじ》がいいねえ……」

「いやいや、女はちょいとした小年増がいいんだねえ、秋葉屋《あきばや》の白雪《しらゆき》なんざあむしゃぶりつきたくなるぜ……」

そんなこんなで吉原に火の灯《とも》らない日はなくなる。

第七章　父と子

春が足早に過ぎ去ろうとしている。

日差しは眩《まぶ》しい夏の輝きに変わろうとしていた。

そんな時、武蔵多摩《むさしたま》の高幡村《たかはた》にある高幡不動尊《ふどうそん》で、春の縁日の相撲興行が計画された。高幡のお不動さんといわれ、近隣だけでなく、関東一円の信仰を集めている。

高幡山明王院金剛寺《みょうおういんこんごうじ》というのが正しい。

大宝《たいほう》年間（七〇一年頃）の創建ともいう関東三大不動の真言宗《しんごんしゅう》の寺だ。

この相撲興行は、大鳥逸平の潜伏先をつかんでいる大久保長安配下の内藤平左衛門《ないとうへいざえもん》と、甲州街道の八王子横山《よこやま》十五宿の名主、川島作兵衛《かわしまさくべえ》が、大鳥逸平を捕縛するために仕掛けた罠だった。

相撲好きで腕自慢の逸平が現れるのを待った。

そんなこととは知らずに相撲興行に出ようと、大鳥逸平が高幡不動尊に姿を現した。その逸平に内藤平左衛門がいきなり飛びかかった。

「この野郎ッ、何しやがるッ！」

「神妙にしろッ！」

「くそッ、役人か、叩《たた》き殺すッ！」

平左衛門と逸平がくんずほぐれつの戦いになった。何人も取り巻いて逸平を捕まえようとするが、大暴れの逸平を抑え込めない。

「逃げられないように取り巻けッ！」

「逸平ッ、神妙にしろッ！」

「うるさいッ！」

「この野郎ッ！」

平左衛門が逸平に組み付いて、腕自慢同士の格闘だ。

「僧侶を呼んで来いッ！」

二人の組み討ちを見ていた男が、不動尊の僧侶が法力《ほうりき》を使うと聞いたことがあった。泥まみれ埃《ほこり》まみれで二人の格闘が続いた。

そこに不動尊の僧侶が走ってきた。

「ご僧侶ッ、頼むッ！」

うなずくと僧侶が印を結んだ。

「オン　ナカク　ハッタ　タラタ　アビラウンケン　ソワカ……」

たちまち金縛りの法力が現れ、逸平がよろよろと身動きできなくなった。

「イエイッ！」

一喝すると金縛りに大鳥逸平は動けなくなり、あっさりと捕縛され、身柄は幕府に引き渡されることになった。

江戸に送られた逸平は、青山成国《あおやまなりくに》の屋敷で取り調べられた。

成国は大久保長安の三男で、青山成重《なりしげ》の養子だった。取り調べに逸平は、仲間のことを一言も喋《しゃべ》らない。

幕府から本多正信と南町奉行土屋権右衛門《つちやごんえもん》、それに北町奉行米津勘兵衛が取り調べに派遣されたが、取り調べは暗礁に乗り上げていた。

さすがに「二十五まで生き過ぎたりや一兵衛」と、銘に刻んだ厳物造太刀《いかものづくりのたち》の長覆輪太刀《ながふくりんのたち》を担ぎ、三百人からの傾奇者《かぶきもの》を束《たば》ねてきた男だけに強情だ。

一筋縄ではいかない強情者だった。

拷問《ごうもん》されても逸平は何も喋らない。怒った勘兵衛が「小便でもひっかけておけ！」と侮辱《ぶじよく》した。

勘兵衛は、逸平が自分を武家だと思いあがっていると見抜いた。

ところが逸平から強烈な反発が飛んできた。

一気に勘兵衛は、米津家の滅亡を覚悟しなければならなくなる。

「おれは武士の身分にもかかわらず、拷問を受けるのはおかしい。このような屈辱的な取り調べを受けるなら白状しよう。勘兵衛、うぬの息子勘十郎《かんじゆうろう》はおれの仲間だ。勘十郎にも小便を引っかけて拷問しろいッ！」

勘兵衛をにらんで逸平が啖呵《たんか》を切った。

これにはさすがの勘兵衛も蒼白《そうはく》になった。足元に火が付いた。北町奉行の辞任では済まない大失態だ。油断したと思ったが後の祭りだ。

大御所家康と将軍秀忠から期待され、江戸を預かる町奉行として、腹を斬《き》るだけでなくお家断絶は当然である。

勘兵衛は呉服橋御門内の北町奉行役宅にいて、溜池《ためいけ》の米津屋敷と勘十郎のことは、ほとんど用人の井上宗右衛門《いのうえそうえもん》に任せてきた。

こうなってみると、忙しいということは言い訳にならない。

勘兵衛は、腹を斬る覚悟を決めた。

奉行所に戻ると、喜与に手伝わせて着替えた。

「喜与、勘十郎はどうなっている？」

「勘十郎が何か？」

「今、江戸を騒がせている傾奇者を今日取り調べたのだ……」

「はい……」

「その傾奇者が、勘十郎は仲間だと言いおった」

「まあ！」

「事実ならわしは腹を斬らねばならぬ……」

「すぐ溜池へ行ってまいります！」

慌てたことなどない喜与が、畳《たたみ》に滑《すべ》って転びそうなほどだ。勘兵衛はすぐ宇三郎と藤九郎に駕籠《かご》の支度をさせて、喜与の供をするように命じた。

勘十郎がそんな愚か者とは思えない。だが、勘兵衛と喜与の目の届かないところで何をしていたかわからない。

明らかに勘兵衛と喜与の油断だ。

「文左衛門、溜池に行って勘十郎を連れてきてくれ。半左衛門、今、誰がいる」

「はい、林倉之助と朝比奈《あさひな》市兵衛がおりますが？」

「仕事か?」

「いいえ、格別に仕事はございません」

「そうか、文左衛門、二人を連れて行け。勘十郎が逃げるようなら斬り捨てろ!」

「承知しました」

文左衛門と半左衛門が仰天して勘兵衛をにらんだ。

文左衛門が部屋から出て行った。

「お奉行……」

半左衛門は異変を感じている。

「半左衛門、まだここだけの話だ」

「はい……」

「今日、青山さまのところで大鳥逸平の取り調べをした」

「はい、存じ上げております」

「その時、大鳥逸平が、勘十郎は仲間だと白状したのだ」

「何《な》んと……」

「それを確かめてから進退を決める」

「お奉行……」

「これから何が起きようとも奉行所を頼む。いいな?」

「はい……」

半左衛門は泣きそうな顔だが、奉行所を預かる責任を痛感している。奉行所が混乱してはならない。

お幸も異変を感じて奥に引っ込んでいる。

「これは米津家の問題だ」

「はい……」

喜与を乗せた駕籠が溜池の屋敷に急いだ。その後を文左衛門と倉之助と市兵衛が走っていた。

喜与は溜池の屋敷につくと簞笥《たんす》に飛んで行った。

いくら探しても、喜与が嫁に来た時、実家の父親が万一の時にと用意してくれた甲州金二百枚がない。勘十郎が使ったのだとわかる。

「奥方さま……」

井上宗右衛門が喜与の前に座った。

「勘十郎は?」

「出かけております」

「どこへ行ったのだ？」

「わかりません。奥方さま、勘十郎さまに何か？」

「宗右衛門、そなた、勘十郎のことで何も気づいていないのか？」

「道場の帰りがいつも遅いと……」

「それだけか？」

「時々、酒臭いので、小言を申し上げましたが、逃げますので……」

喜与は宗右衛門を責めなかった。もし、責めれば宗右衛門は腹を斬るだろう。

「帰ってくるのですか？」

「はい、お泊まりになることは滅多にありません……」

「それでは待ちます」

喜与は油断したと思う。

甲州金二百枚もあれば、勘十郎が仲間とどんな遊びをしたか想像はできる。

その頃、玄関脇の小部屋に宇三郎、藤九郎、文左衛門、林倉之助、朝比奈市兵衛の五人が顔を揃《そろ》えている。いざという時にも、主家の若殿である勘十郎を斬ることはできない。

ない。

「捕らえるしかないか？」

「いや、穏便に奉行所へお連れしたい……」

「お屋敷にはいないようだ？」

五人は額を寄せて勘十郎を奉行所に連れて行く相談をした。手荒なことはしたくない。

暗くなって一刻ほどすると、勘十郎が帰宅した。

部屋に入って喜与がいるのに驚いて、出て行こうとする。

「お座りなさい！」

誰もいないのに安心したのか、勘十郎が部屋の隅《すみ》に座った。

「簞笥の二百両を使ったのはそなたですね？」

「知らん！」

「そうですか。武士とも思えぬ振る舞いかな。大鳥という男が捕縛されたのを知っていますね？」

「知らん！」

「その男がそなたを仲間だとお父上に白状しました」

「知らん！」

「どこまでも白を切る気ですか？」

不貞腐《ふてくさ》れた勘十郎は答えず、喜与の顔を見ない。「ふん……」と、鼻を振って聞く耳を持たない。

「武家らしくお父上のお裁《さば》きを受けなさい」

「うるさいッ！」

立ち上がると部屋を飛び出し、屋敷からも出て行こうとした。

「勘十郎さま！」

宇三郎が前を塞《ふさ》いだ。

「神妙になさるが身のためです」

「うるさいッ！」

いきなり手に持った太刀を抜こうとした。その腕を宇三郎が握る。

「離せッ！」

「勘十郎さま、見苦しいですぞ」

宇三郎が太刀と脇差を取り上げる。そこに藤九郎、文左衛門、倉之助、市兵衛が現れた。

「何んだ！」

「お奉行所にお連れするようにと、お父上さまのご命令にございます。なにとぞ、お静かに奥方さまのお供をお願いいたします」

「嫌だと言えば、捕まえるのか！」

「はい、あるいはこの場で斬り捨ててもいいのですが……」

驚いた勘十郎が後ろに下がった。

「ご返答を……」

藤九郎が勘十郎に返事を迫った。

「おれは何も悪いことをしていない！」

「大鳥逸平が、お奉行に勘十郎さまは仲間だと白状しております」

「嘘《うそ》だ！」

「そうですか。死に行く者が嘘を申しましょうや、嘘だと仰せられるならば、お父上さまに申し上げてくださいますよう」

「勘十郎さま、潔《いさぎよ》くなさいませ。これは米津家の問題ですが、幕府の問題でもあるのです。お取り調べには老中本多正信さまがお立ち合いにございます」

「くそッ！」

「ここまででございます……」

観念したとは思えないが、宇三郎は勘十郎を縛らなかった。このやり取りを、玄関に出てきた喜与と井上宗右衛門が聞いていた。

「宇三郎、奉行所に戻ります」

「はい……」

勘十郎は藤九郎、文左衛門、倉之助、市兵衛に囲まれて屋敷を出た。途中で勘十郎は何度か逃げようとしたが、剣客四人に囲まれてはとても逃げられない。

奉行所に着くと、勘十郎はそのまま仮牢《かりろう》に入れられた。

宗右衛門は勘十郎が生まれた時から傍《そば》にいた。

その勘十郎が何をしていたか薄々気づいていたのだ。この半年ばかりは夜遊びがひどくなって勘兵衛に話をしようと思いながら言いそびれてきた。

勘十郎のことはすべて自分の責任だと宗右衛門は思う。

その夜、溜池の屋敷で勘兵衛にわび状を残し、井上宗右衛門が腹を斬って亡くなった。その知らせに勘兵衛と喜与が飛び起きた。

二人は眠れないでいた。

「溜池に行ってくる」

勘兵衛は着替えると、宇三郎だけを連れて馬を飛ばした。二騎が四半刻もしないで屋敷に飛び込んだ。
井上宗右衛門は屋敷が汚れるのを嫌い、庭の隅《すみ》にうずくまって腹を斬ってい
た。
「宗右衛門、すまぬ……」
勘兵衛が泣いた。
宗右衛門は勘十郎の変化に気づいていただろう。だが、いつも忙しい自分に何
も言えなかったのだと思う。宗右衛門の苦しい気持ちがわかる。
「宗右衛門を座敷に入れてくれ……」
勘兵衛が信頼した忠臣だった。すべては自分の責任だと思う。
手抜かりだった。
いうことを聞かなくなった勘十郎を抱えて、何んとかしようと宗右衛門がどん
なに苦労していたことか。その代償がこの暗闇での切腹とはなんという無惨だ。
勘兵衛は拳を握って小さく震えた。
池の水で刀を濡《ぬ》らして腹を切ったに違いなかった。死にきれずに自分で首を掻《か》
っ切っている。介錯《かいしやく》のない切腹は苦しい。
「宗右衛門、許せ……」

勘兵衛は庭に立ったまま泣いた。宗右衛門の亡骸《なきがら》が座敷に運ばれて行った。

その頃、喜与が一人で仮牢にいた。

いつもは女が入れられる牢に、勘十郎はポツンと座っている。一人だけで誰もいない。

「勘十郎……」

喜与が呼んでも一点を見つめて勘十郎は返事をしない。若くして心を失った罪人がそこにいた。喜与は何を言っても無駄だと思った。

あまりの変化に喜与は恐怖さえ感じる。

「また来ます……」

喜与は部屋に戻ると、ぼんやりとあの二百両がまずかったと思う。そんなことを考えていると、勘兵衛が溜池から戻ってきた。

「どうした。少しでも寝ないと駄目だ……」

「さっき、勘十郎の牢に行きました」

「うむ……」

「どうしてあんなに変わったのかと……」

「それはわしの油断だ」

「実は、溜池の屋敷の箪笥に、実家から持ってきた二百両を入れておいたのですが、すべてなくなっていました」

「勘十郎が使ったのであろう。二百両か……」

「申し訳ございません」

「そういうことをする子に育ててしまったということだ」

「はい……」

「明日、登城して奉行を辞任する。その覚悟をしておいてくれ……」

「はい……」

勘兵衛は、自分が腹を斬ったら喜与も自害するだろうと思う。

「勘十郎に会ってみよう」

着替えるのを後回しにして仮牢に顔を出した。

「勘十郎、出るか？」

既《すで》に、心を失った若者は父親に答えない。一点を凝視して動かなかった。

「そうか、宗右衛門が庭の隅で腹を斬った。今、見てきた。相済まないことをした。宗右衛門の遺言は、お前を叱《しか》らないで欲しいということだ。伝えたぞ」

勘兵衛は戻ろうとして立ち止まった。

「そなたを裁くのはわしではない。駿府の大御所さまとお城の将軍さまだ。武士らしくいたせ……」

　勘兵衛は部屋に戻ると寝衣に着替えたが、眠れなかった。

「勘十郎は何か？」

「いや、あの若さであそこまで壊れるとは、悪い仲間とは恐ろしいものだ……」

「喜与の責任にございます……」

「そうではない。これは勘十郎自身の責任だ。あの顔はそう思っている顔だ。そうではないと必死で逃げようとしているのだ。だが、どんなにもがいても逃げられまい」

　勘兵衛には勘十郎が、おのれの愚かさに気付いて葛藤《かっとう》しているように見える。だが、もう助ける手立てはない。幕府の判断に委ねるしかない。それが旗本の立場だ。

「助けられませんか？」

「無理だ。徒党を組んで城下の者たちに迷惑をかけるなど勘十郎のしたことは、幕府に対する謀反《むほん》だ。五千石の旗本の息子のすることではない」

「謀反？」

「そうだ。決して許されることではない。おそらく、他の者たちもすべて厳罰にされる」

「厳罰とは死罪？」

「そうだ。こういうことに幕府は容赦《ようしゃ》しない。わしも同じだ……」

勘兵衛は身内だからといって、この手の事件は許されない事件だと思う。

第八章　糟糠《そうこう》の妻

翌日、登城した勘兵衛は土井利勝に面会を願い出た。

老中の中でも偏《かたよ》らず、最も公平に考えてくれるだろうと勘兵衛は思った。

「米津殿、本多さまから話は聞きました」

「恐れ入ります。つきましては北町奉行の職を辞《じ》したいと考えましてございます。こちらに書状を用意してまいりました」

「職を辞したいということか、待て、この書状は一旦預かるが、そのままここで待て、それがし一人で決められることではない」

土井利勝が書状を持って部屋から出て行った。

それから一刻（約二時間）ほど待たされて土井利勝が戻ってきた。

「米津殿、将軍さまのお言葉である」

「ははッ！」

勘兵衛が平伏した。

「神妙である。書状は預かるが、まずは町奉行として、この大鳥事件にかかわった三百人ともいう者どもを、すべて捕縛することを命ずる。町奉行は駿府の大御所さまのお考えでしか処分できないということである」

「はッ、畏《かしこ》まりましてございます」

「米津殿、旗本の子弟もすべて調べ上げろとの厳命である」

「承知いたしました」

将軍の命令が出た以上、勝手に腹を斬ることはできない。事件の関係者をすべて捕縛しろということだ。

下城すると奉行所が猛烈に忙しくなった。

捕縛されてくる者を秋本彦三郎《あきもとひこさぶろう》と沢村六兵衛《さわむらろくべえ》と野田庄次郎《のだしょうじろう》の三人が、次々と拷問にかけて白状させて、かかわった者を調べ上げる。

それをまた捕まえてくる。

拷問にかけて白状させる。それを繰り返してたちまち百人を超えていくと、伝《でん》馬《ま》町牢屋敷に送り込む。牢屋敷は大きくなり四百人以上を収容できるようになった。

旗本の子弟も多かった。

その中に秀忠の側近井上正就《いのうえまさなり》の兄が含まれていた。井上正就の母は、大姥局《おおうばのつぼね》とは別の秀忠の乳母だった。

この事件で捕縛されたのは三百人を超えた。

そんな時、勘兵衛が大御所家康に駿府城へ呼び出された。

内与力三騎に、青田孫四郎と倉田甚四郎の剣客五人を護衛にして、六騎だけで駿府に向かった。

家康に処分を言い渡される。

だが、これまで家康に呼び出されて悪い結果だったことはない。今回は何を言い渡されるかだ。勘兵衛にとって、家康は北町奉行に抜擢《ばってき》してくれた人だ。

その期待を裏切ってしまった。

駿府に到着すると、伯父の常春《つねはる》を訪ねた。

徳川十六神将の一人、米津常春も八十九歳になり病を得て病臥《びょうが》していた。

「伯父上……」

「おう、勘兵衛、よく来たな……」

「お加減はいかがにございますか？」

「見ての通りだ。もう最期だな。勘兵衛……」

「はい……」

「勘十郎を許してはならぬぞ。徳川家に弓引くような者は米津家の者ではない。喜与に子を作れ。これからでも遅くはない。これは、わしの遺言だ……」

「はい……」

「わしから大御所さまにお願いしてある。お前より優れた町奉行は旗本にはいないとな……」

「伯父上……」

「いいか勘兵衛、一度謀反した者は二度、三度としかねないのだ」

「はい……」

「大御所さまとは明日会うのか？」

「はい、そうです」

「終わったら、すぐ江戸に戻れ、駿府にいてはならぬぞ」

「わかりました」

常春とはこれが最後の面会になった。この後、秋になって常春は亡くなる。

翌日、勘兵衛が登城すると大御所家康は、あまり機嫌が良いようには見えなかった。

「勘兵衛、お前のことはお構いなしだが勘十郎は許さぬ。廃嫡《はいちゃく》にして捨ててしまえ、二度と米津家には入れるな。死んだ者としてしまえ、いいな！」

「ははッ！」

「情をかけることは許さぬ。すべてこっちで処分する」

家康の処分は厳しかった。

この事件を家康がどう考えているかがわかった。

三百人もの者たちが、場所柄もわきまえず江戸で起こした謀反で、そこに旗本の子弟がかかわっていたとは許し難い。

江戸は家康の金城湯池《きんじょうとうち》なのだ。

そこを騒がすとは万死に値する。この考えは幕末まで貫かれる。

江戸での騒乱は許されない。

この時十七歳だった勘十郎は、奥州津軽藩《おうしゅうつがるはん》にお預けになるが、許されてから姿を消し歴史からも消えてしまう。

旗本の子弟にも容赦しない。穂坂長四郎は越後村上周防守《えちごむらかみすおうのかみ》に預けられ、坂部金太夫は越後溝口伯耆守《みぞぐちほうきのかみ》に預けられ、岡部藤次は奥州南部藩《なんぶはん》に預けられた。

他にも大勢が処分される。

七月になって、大鳥逸平が品川鈴《すず》ケ森《もり》の刑場で磔刑《はりつけ》になる。享年二十五歳だった。

仲間の大風嵐之助、天狗魔右衛門、風吹藪右衛門、大橋摺右衛門などもすべて捕縛されて処刑、三百人以上がこの事件に関係して次々と処刑された。

それでもこの後に、旗本《はたもと》奴《やっこ》や町奴が出現して江戸を騒がせることになる。

この大鳥逸平事件が吹き荒れている間は、お駒が追っている引波という盗賊というかコソ泥というか、小仕事しかしない半次郎は動かなかった。

取り締まりが厳しいので息を潜めたのだ。

その間も、お駒はコツコツと簪《かんざし》職人、飾り職人を探して歩いた。お店は、なかなか仕入れ先を言わないので探すのが苦労だ。

それでもお駒はあきらめずに江戸のあちこちを歩き回った。

そんな時、清吉《せいきち》という腕のいい飾り職人が深川《ふかがわ》村にいると聞いた。

お駒は深川村にはまだ足を入れたことがない。というのも深川村は摂津《せっつ》から移住してきた深川八郎《はちろう》右衛門《えもん》が切り開いて、自分の苗字の深川を村の名にしたばかりだった。

小名木川《おなぎがわ》が江戸の海に流れ込む漁村だった。

江戸の海は魚種も量も多い豊饒《ほうじょう》な海で、新鮮な魚を江戸に供給できた。お駒はいつもの白粉《おしろい》売りの恰好《かっこう》で深川村に入った。

深川は思いの外《ほか》広い村だった。

この村が急激に発展するのは、明暦の大火後、両国橋《りょうごくばし》が架かってからだ。

日焼けした女しかいない深川村には不似合いなお駒が、清吉を探し当てた時、清吉は病の母親と海へ遊びに行って百姓家に戻るところだった。

清吉に背負われた母親は、コホコホと乾いた咳《せき》をした。青白い顔でやせ衰えた母親には生気がない。清吉がお駒に気づいて小さく頭を下げた。

お駒が百姓家の前に立っていると、母親を寝かせたのだろう清吉が出てきた。

「あっしに何か御用でございますか？」

「飾り職の清吉さんですか？」

「へい……」

「お母さんですか？」

「もう長いことないと……」

「そう……」

清吉はお駒の正体をほぼ見抜いていた。

「清吉さんは腕のいい飾り職人だと聞きましたから……」

小さくうなずいて清吉が浜に歩き出した。その後ろからお駒が歩いていった。

「この辺りは静かです」

「ええ……」

「以前は神田におりました」

「そうでしたか……」

「日比谷《ひびや》入江の埋め立てで、南風が吹くと江戸は埃《ほこり》っぽく、母がひどく咳き込みますので……」

「それでこっちへ？」

「それでも駄目でした。正月は迎えられそうもないと……」

海を見つめる清吉の目に涙が浮かんだ。寄せてきた波が引く時、足元でスッと砂の中に染みて消えていく。お駒はこれが引波だと思う。

お駒はこの清吉に何があったのかを理解した。おそらく、あちこちから奪った小判は、あのやせ衰えた母親の薬料に消えたのであろう、引波のように。

母親が亡くなれば引波の半次郎、いや、清吉はもう現れないだろうと思う。

「お大事に……」

お駒は清吉が引波といわれる半次郎だと思った。

深川村から戻りながらお奉行にどう話すか考えたが、何んでも見抜かれる気がしてありのままを話すことにした。

翌日、奉行所に現れたお駒は、勘兵衛と対面すると、正直に深川村の飾り職人清吉のことを話した。黙って聞いていた勘兵衛と喜与が顔を見合わせた。

母親を思う清吉の話を聞いて、津軽に流された勘十郎のことを思い出す。喜与はお駒が驚くほど痩《や》せていた。

「お駒、清吉はそのままにしておけ、母親が長くないというのも本当だろう。お前を奉行所の者だと感じたはずだから、もういいだろう」

「はい……」

「深川村はどうであった？」

「江戸の海で漁をする漁村でした」

お駒はきれいなところだと思った。

日本橋から東に大川を越えればそこが深川だが、奉行所は見廻《みまわ》りをまだそこまで広げていない。

広い地域一帯で深川八郎右衛門の町造りが進み、碁盤《ごばん》の目のように整備されつつあった。

奉行所を辞したお駒は上野に向かった。

商人宿《あきんどやど》の片腕の七郎《しちろう》が、不忍《しのばず》の池《いけ》の畔《ほとり》に茶屋を開くことになったのだ。七郎は商人宿にいて、茶屋の女将《おかみ》は妻のお繁《しげ》がつとめ、直助がそのお繁を助けることになった。

この後十三年後に、上野山《うえのやま》に京の鬼門を守る比叡山《ひえいざん》にならい、江戸の鬼門を守る東の比叡山として東叡山寛永寺《とうえいざんかんえいじ》が建立《こんりゆう》されると、不忍池は比叡山麓《ふもと》の琵琶湖《びわこ》と見立てられ、池畔が爆発的に発展することになる。

お駒が正蔵の蕎麦屋《そばや》に行くと客はなく、お民がポツンと所在無げに座っている。お駒はお民が泣いたのだとわかった。

「正蔵さんは？」

「さっき、浅草に……」

大川端の鮎吉は小梢を正蔵に託し、安心したのか時々気弱になって寝込んだ。

そんな時、正蔵は二、三日も帰ってこない。

二代目鮎吉を継いだ正蔵をお民は受け入れたが、その傍に若い小梢がいると思うと、糟糠《そうこう》の妻でも落ち着かない。

「お駒ちゃん、お店の手伝いに来てくれない？」

「うん、いいよ……」

　お駒は小梢の存在を知っている。「男はみんな若い娘が好きなんだ……」と、この頃のお駒は少しひねくれて、男を斜交《はすか》いに見るようになっている。

　仙太郎だけはそんな男ではなかった。年増《としま》で年上の自分を心から愛してくれたと言いたいのだ。フッと仙太郎が恋しくなる。

　この時、お民は正蔵の子を懐妊していた。

　浅草に泊まってきた日には、決まって正蔵がお民を激しく抱いた。これまでにはなかったことでお民も夢中になった。だが、この懐妊のことを正蔵は知らない。

　それでお民はめそめそしていたのだ。

「蕎麦餅《もち》を焼けばいいの？」

「そう、焦《こ》がさないで、ふっくらとね……」

「目を離せないな……」

「そうなの、すぐ焦げちゃうから……」

「あッ、焦げたかな？」

「大丈夫、大丈夫、ぎりぎりかな……」

お民が元気を取り戻して、うれしそうにお駒を見てニッと笑う。

その夕刻、例の川崎大師の女二人組が、正蔵の店に現れた。お千代とお信は相変わらず喧《やかま》しいお姉さんたちだ。

「何か食べる？」

「そうだね。何かって蕎麦だけでしょ？」

「そうだけど、さっき焼いた蕎麦餅はいかが？」

「お駒ちゃんが焼いたの？」

「そう……」

「大丈夫、焦げていない？」

「失礼な！」

お駒が怒る。この二人は賑《にぎ》やかが手をつないで歩いているようなものだ。

「じゃ、蕎麦餅を二つずつ頂戴《ちょうだい》な……」

「へい、蕎麦餅四つ！」

お駒の焼いた蕎麦餅が初めて売れた。

「どうしたの二人揃って？」

「うん、お奉行さまに抱いていただきたくて……」

お千代が真面目な顔で言うと、お信がクックックッと鳩《はと》のように笑う。

「そう、お奉行さまか。奥方さまが痩せちゃって……」

「ええッ、どうして、病気？」

「違う、ご長男が津軽に流されたの……」

「あッ、それってほら、大鳥なんとかじゃない？」

お信が大鳥逸平事件を知っていた。

「お奉行さまが切腹するところだったんだから……」

「まあ、そんな……」

「お武家は難しいことが多いからね」

「奥方さまは心労で痩せちゃったんだ。可哀《かわい》そうに……」

「どうぞ……」

お民が蕎麦餅の皿を出した。

「あれ、こちらの奥方さまは太った？」

お信がお民に素頓狂《すっとんきょう》に言う。

「そうなのよ、困っちゃう……」

「あッ、もしかして、あれでしょ？」

そういうことには妙に鼻の利くお信なのだ。お民の懐妊を見破った。

「そうでしょう？」

「そうなの姉さん？」

「そうかな……」

「やったじゃない。姉さん、おめでとう……」

「あの人にはまだ内緒だから……」

「どうして？」

浅草との経緯を知っているお駒は複雑な気持ちだ。誰にも言えないでいるお民の気持ちがわかるからだ。

「女はこうなるから厄介なのよねえ……」

お民がはにかむように言う。

「どうして、いいことじゃないの……」

「そうなんだけど……」

「あッ、正蔵の兄さんに女がいるんだ？」

お信はこういう男と女のことに敏感で、なんでも見抜いてしまう。

「なんだと、お信、あんた、言っていいことと悪いことがあるんだぞ」

「だって、姉さんの顔に書いてあるんだもの……」

お駒が何も言わず黙って立っている。

「お千代さん、何か知ってるの？」

「お駒ちゃん、実は……」

「お駒ちゃん、お願い、言っちゃ駄目！」

「だって……」

「言えば、惨《みじ》めになるから……」

泣きそうなお民をお千代とお信がにらんでいる。

「やっぱり、兄さんに女がいるんだ。殺してやる！」

気の早いお信が殺意を言う。

「本当なんだ。姉さんを捨てるんだ……」

「違うの、捨てるんじゃないの、愛してくれているんだから……」

泣き虫のお民が両手で顔を覆って泣き出した。

「お千代さんとお信さんは浅草の隠居を知っているでしょ？」

「いつかの老人のこと？」

「そう、あの人はその道の頭で鮎吉さんというの……」

「鮎吉？」

「配下が百人以上いるそうなの……」

「ゲッ、ひ、百人以上？」

「大親分だ……」

「その鮎吉の二代目に兄さんが……」

「二代目鮎吉か？」

「そう、ところがその鮎吉さんには娘がいたの……」

「あッ、あの時、女房と言った若い女だ？」

「その娘と一緒にさせられた。お民さんの名が出たから……」

「殺すって？」

「おそらく……」

お千代とお信が経緯を理解した。女二人が意気込んでも、手出しできることではない。

「兄さんが見込まれて二代目鮎吉か？」

お民が泣き止んで三人の話を聞いている。

「姉さん、兄さんを離縁する？」

「しない……」

「好きなんだ？」

「いい人だもの……」

「こりゃあ、駄目だわ！」

お信ががっくりうな垂れた。

「いいじゃないの、姉さんが正室なんだから、向こうは側室よ」

お千代が怒ったように言う。

「そうか、正室か……」

女三人、姦《かしま》しいというが、女も四人になるとやかましい。話が落ち着きそうになった。

「ところで、お奉行さまに何んの用なの？」

「それそれ、お駒ちゃん、金兵衛《きんべえ》という名前を知っている？」

あっちに行っていた話がこっちの話に戻ってきた。あっちこっち忙しい。

「金兵衛、聞いたことないけど……」

お駒がお民を見た。

「知らない……」

「その金兵衛というのは荒っぽいようなんだ」

「殺す？」

「うん、犯す、殺す……」

「それが江戸に？」

「お大師さまに流れてきた噂《うわさ》だから……」

「川を越えれば江戸……」

「急ぐ話じゃないかと思って？」

「そうだね。これから行く？」

外は暮れ始めている。半刻ほど話し込んでしまった。

「よし、行こう！」

「あたしはここに残る」

お信がお民の傍に残ってお駒とお千代が蕎麦餅屋を飛び出した。

第九章　袖《そで》なし羽織

お千代の持ち込んだ金兵衛の話で、奉行所が色めき立った。

日が暮れて真っ暗だが、いつものように半左衛門が同心の配置を決め、警戒を厳重にしてこの夜から探索に入った。

既に、金兵衛一味が江戸に入っていれば、犯行は間近に迫っていると思われる。凶悪であれば、その犯行を阻止したいが、事前に探し当てることは極めて困難だ。

勘兵衛に報告したお千代は、お民と正蔵の蕎麦餅屋に戻る。

お千代とお信は、仙太郎の亡くなった庄兵衛長屋には行きづらかった。賑やかな二人は湿っぽい話が苦手なのだ。

女二人の夜歩きは危険だと、奉行所から黒川六之助《くろかわろくのすけ》が二人を送ってきた。お駒は一旦正蔵の蕎麦餅屋に行き、お千代とお信が泊まることを確認して長屋に戻る。

「お駒、神田まで送るぞ」

「はい……」

六之助がお駒と二人で蕎麦餅屋を出た。

この日、正蔵は鮎吉の家に泊まった。二代目鮎吉として正蔵は、鮎吉や定吉たちから聞いておくべきことが多かった。

それを知っている鮎吉は、小梢が寂しい顔をしていると体調不良になって病臥《びょうが》し、正蔵を枕元に呼ぶのだ。すると小梢の顔から雲が取れてにこやかになる。

そんなことを繰り返していた。

六之助とお駒が神田の庄兵衛長屋の近くまで来て、道端に立ち止まった。

「あら……」

お駒が人影を見た。

六之助がお駒の肩を押して暗がりに身を潜めた。

「影が一人じゃない？」

「うむ、急いで幾松を連れてきてくれ！」

「はい……」

お駒が半町（約五四・五メートル）も離れていない庄兵衛長屋に走った。幾松はお元と寝ようとしていたが、お駒におこされ寝衣に着物を引っかけて長屋を飛び出した。その後をお駒が追う。

「おう幾松、賊だ。あそこが奴《やつ》らの巣だ。奉行所に走ってくれ！」

「がってんだ！」

着物をお駒に渡すと、裾《すそ》を後ろにまくって走り出した。

「お駒、ここを動くな。裏を見てくる」

「はい……」

六之助が暗がりを伝って裏手に回って行った。そこは掘割に出られる。川舟が一艘舫《そうもや》ってある。

「逃げ道だな……」

六之助は人影を金兵衛一味かもしれないと思った。お駒の傍に戻るとお駒は寒さに震えている。

「大丈夫か、お駒？」

「はい……裏は川？」

「うむ、舟が一艘だ……」

「舟で逃げる?」

「そうかもしれない。だが、逃がさないよ」

「金兵衛でしょうか?」

「それがわからない。捕まえればわかることだ……」

幾松が呼びに行った奉行所の援軍が、青田孫四郎に率いられてきた。同心と捕り方で二十五人ほどだった。

「中か?」

「はい、裏に舟が一艘あります」

「よし、逃げる舟が一艘なら五、六人だな。十五人ほど連れて裏に回れ、逃がすな!」

「承知!」

六之助が同心と捕り方を連れて裏に回る。

「踏み込むぞ!」

同心と捕り方が取り囲む入り口から、青田孫四郎が踏み込んだ。

「神妙にしろッ、北町奉行所だッ!」

「くそッ、裏から逃げろッ!」

灯りが倒されると暗闇になったが、入り口から松明《たいまつ》の灯《ひ》が差し込んできた。この頃まだ、龕灯《がんどう》というものはなかった。

松明か提灯《ちょうちん》の灯りだけが闇を照らしていた。

裏に飛び出した者が三人いたが、わずか数間先の舟までたどり着けなかった。

問題は捕縛された六人が金兵衛一味ではなかったことだ。

「すぐ見廻りに戻れ！」

半左衛門が慌てた。

捕縛された六人は急遽《きゅうきょ》秋本彦三郎に締め上げられ、石を抱かされて九郎兵衛《くろべえ》という名を白状した。金兵衛とは全く違う一味だった。

その頃、青田孫四郎が踏み込んで捕縛した事件の現場から、わずか二町（約二一八メートル）ほどしか離れていない若狭屋《わかさや》という廻船《かいせん》問屋の前で、見廻りの木《き》村惣兵衛《むらそうべえ》と大場雪之丞が、金兵衛一味と出会い頭に戦いを始めた。

雪之丞はピーッと呼子を吹くのが精いっぱいだった。

惣兵衛は小野派一刀流を使うのだが、金兵衛と配下が十人で、二人では難しい戦いになった。雪之丞も太刀を抜いて応戦するが一味の中に浪人が二人いた。

多勢に無勢で雪之丞が肩を斬られた。

雪之丞が道端にひっくり返って惣兵衛一人の戦いになった。十人に囲まれた。

金兵衛一味は若狭屋に押し込むところで失敗したため、いらだっていた。

「役人でも構わねえ、殺してしまえッ！」

「この野郎一人だ！」

危なくやられそうになったが、呼子を聞いた林倉之助と村上《むらかみ》金之助が駆けつけてきた。その後に松野《まつの》喜平次《きへいじ》と佐々木《ささき》勘之助《かんのすけ》が追いついた。

倉之助は小野派一刀流で喜平次は富田《とだ》流の剣士だ。

一人、二人、三人と斬り倒した。

「雪之丞ッ、大丈夫かッ？」

「おう、掠《かす》り傷だッ！」

「よし、皆殺しだッ！」

金之助が叫んでピーッ、ピーッと呼子を吹いた。

「くそッ、逃げろッ！」

金兵衛一味が逃げ腰になって形勢が逆転した。逃げるのを追って斬り捨てる。

あちこちで呼子が鳴って、夜明けまで盗賊の追跡を繰り広げた。

逃げた者もいたが、一味十一人のうち斬られた者は五人、捕縛された者が四人、逃げた者は二人だった。

斬られた雪之丞は浅手だったが、血だらけで役宅に帰ったため、初めてのお末が卒倒しそうになった。父親の孝兵衛《こうべえ》と母親の幸乃《ゆきの》は、こういうことがつきもののお役目だと覚悟していた。

子どもも朝からの騒ぎにびっくりしている。

奉行所では金兵衛一味の拷問が厳しく行われ、逃げた二人の逃げ場が調べられ追跡が行われた。

二人は大宮《おおみや》宿にいるところを、北町奉行所の倉田甚四郎ら四人に捕らえられ、江戸に連れ戻された。斬られた五人のうち三人は助かり二人が死んだ。

金兵衛は秋本彦三郎の石抱きから始まる拷問によって、これまで殺してきた人々のことがことごとく調べられた。

その頃、金兵衛のことを知らせてきたお千代とお信は、お民に同情して居すわり仕事の手伝いを始めていた。そのうち、お繁の掛茶屋も手伝うようになった。

掛茶屋はお茶しか出さない茶屋だから、二人には楽なものだ。

この後、上野山下には待合茶屋、出合茶屋、料理茶屋などが並ぶことになる。

偶然だが、二つの盗賊事件が一晩で同時に解決したことは、幸運と言うしかなかったが、知らせてくれたお千代とお信の大きな手柄だった。

勘兵衛は久々に上機嫌で、二人に奉行所から褒美《ほうび》が出た。

年の暮れが押し詰まって、新年が近づいたある日、北町奉行所の門前に、深川村の清吉が現れた。

「何んだ？」

門番が誰何《すいか》した。

「こちらにお駒さんという方はおられましょうか？」

「お駒？」

門番が怪《あや》しい奴という顔だ。

「あッ、お駒さんか、お前の名は？」

「引波の半次郎でございます」

「何ッ、そなた、中に入れ！」

「へい……」

清吉が砂利敷に入れられた。するとすぐ半左衛門が出てきた。

「半次郎か？」

「へい……」

筵《むしろ》に座って清吉が平伏する。

「顔を上げろ！」

「へい……」

「自訴するということだな？」

「へい……」

「神妙である。今、お駒はいないが、病だという母親はどうした？」

「三日前に亡くなりました」

「そうか、それで自訴したのだな？」

「へい……」

「取り調べは明日にする。この季節、牢《ろう》は寒いぞ」

「承知しております」

「六兵衛《ろくべえ》、半次郎を牢に入れておけ……」

「はい！」

吟味方《ぎんみかた》の沢村《さわむら》六兵衛が清吉を牢に連れて行った。九郎兵衛一味と金兵衛一味は取り調べが済んで、伝馬町の牢屋敷に送られ、奉行所の仮牢は空になっていた。

夕刻、奉行所にお駒が現れた。

幾松から清吉のことを知らされたのだ。半左衛門から許されて、お駒は清吉と面会した。

「ご迷惑をおかけいたしました……」

清吉が牢の中でお駒に平伏した。

「本当に引波の半次郎なの？」

「へい、半次郎はあっしでございます」

「お母さんが亡くなったとか？」

「年を越すことができませんでした。ありがとうございました」

「お奉行さまに何か？」

「何もございません。謹《つつし》んでお裁きをお願いいたします」

清吉は母が亡くなったことで覚悟を決めたのだ。母のためとはいえ、人のものを盗《と》ったことには間違いなく、許されることではない。

「寒くない？」

「大丈夫です」

「よく来てくれました……」

「悪いことをしたのですから当たり前のことです」

「これを……」

お駒が、着ていた袖《そで》なし羽織を脱いで牢屋の中に入れた。

「ありがとうございます」

お駒が仮牢から出てくると、半左衛門が公事場《くじば》にいた。お駒を砂利敷から縁側に呼んだ。

「どうだ？」

「深川村の清吉に間違いありませんが、引波の半次郎とは思えないのですが？」

「うむ、やはりそうか、母親が亡くなったのはわかるが、あまりに潔《いさぎよ》い気がする……」

「はい、すべてをあきらめ母親のもとへ……」

「そうかもしれない。お奉行にそのあたりをよく話しておこう」

半左衛門も半次郎が本物なのか疑っていた。

その夜、奉行所に賊が入った。

差し込む月明かりに影が映る。若い男は仮牢に行くと中を覗《のぞ》き込んだ。

「こんなところに来るんじゃねえ……」

清吉は眠れずに起きていた。

「おれの代わりに死ぬのか？」

「お前は生きろ。母のことは全部背負って行く。お前は何もしていない。いいな？」

「嫌だ……」

男が牢の前に座って泣き出した。

「こんなところで泣くな。早く行け、もうここに来ては駄目だ……」

「また来る……」

立ち上がると牢屋を後にして奉行所から抜け出ようと、砂利敷に現れた。すると、

「半次郎、そこに座れ……」

なんと、公事場に勘兵衛が座っていた。砂利敷の入り口に宇三郎が立っていた。驚いて半次郎が筵《むしろ》に座った。

「半次郎だな？」

「はい……」

「幾つになる？」

「十五です」

「母親が亡くなったそうだな？」

「はい……」

「悲しいか？」

「はい……」

　半次郎が泣きそうになった。勘兵衛は半左衛門の話を聞き、兄弟の仕業だと直感、清吉が弟を庇《かば》って自訴したと思った。弟が会いに来るだろうと待っていたのだ。

「宇三郎、清吉を連れて来い……」

「はッ！」

　夜中にもかかわらず、牢番が起こされて清吉が牢から出された。

「お奉行さまのお調べだ。神妙にな？」

「へい……」

　清吉は砂利敷の半次郎を見て驚いた。

「半次郎の傍に座れ……」

　清吉が勘兵衛に一礼すると筵に座って平伏した。

「清吉、自訴するとは神妙である」

平伏したままだ。

「言葉を改める。顔を上げよ。半次郎はそなたの弟に間違いないか？」

「間違いございません」

「兄弟は二人だけなのか？」

「はい、そうでございます……」

「お前が死んだら半次郎はどうやって生きていくのだ？」

「それは……」

「馬鹿者ッ！」

勘兵衛に叱られて二人が震えあがった。

「お前が死んだら半次郎が泥棒に戻ると思わなかったか？」

「すみません！」

「御免なさい……」

兄弟が筵に這《は》いつくばって勘兵衛に謝った。宇三郎がニッと笑った。

「わかればいい。二度としないと約束するか？」

「はい！」

「半次郎は？」

「もうしません……」

「一度だけ、奉行は二人を信じる。母への孝行に免じて許そう。帰っていい」

「あのう……」

「二人とも立ちませい。お取り調べは終わる！」

宇三郎が宣言、勘兵衛が公事場から消えた。

「お奉行がお許しくださったのだ。忘れるな。行け……」

「はい！」

兄弟は驚いた顔で公事場から出て行った。

砂利敷の筵の上には、お駒の袖なし羽織が残されていた。

第十章　家康の殺意

年が明けて慶長十八年（一六一三）正月二十五日、播州《ばんしゆう》姫路《ひめじ》城主《じよう》池田輝政が死去した。

輝政は、信長の重臣池田恒興《つねおき》の次男で、兄元助《もとすけ》が戦死したため池田家を相続する。寡黙《かもく》だが豪胆《ごうたん》な男で「輝政がこの世にある限り、大阪城の秀頼さまはご無事である」と豪語するほどだった。

それでいて輝政の継室は家康の次女督姫《とくひめ》なのだ。

秀吉が輝政に、茶々《ちやちや》の妹お江を嫁《と》がせようと家康に相談すると、家康はお江を秀忠の継室に迎え、輝政には自分の次女督姫を嫁がせたいと申し出た。

輝政は聡明で控えめな性格で、秀吉にも家康にも好かれた。

父恒興と兄元助は、秀吉と家康が戦った小牧長久手《こまきながくて》の戦いで、恒興は策を誤り、家康の家臣永井直勝《ながいなおかつ》に討ち取られる。

家康の娘督姫を娶《めと》った時、伏見《ふしみ》の徳川屋敷で永井直勝を召し出して、父恒興の長久手での最期の姿を語らせた。その時輝政は、直勝の知行が五千石だと聞いて急に不機嫌になる。

「わが父の首がたったの五千石なのか……」

落胆した輝政は家康に「永井直勝に加増してもらいたい」と願い出る。

渋ちんでけちな家康は五千石を加増して、永井直勝を一万石の大名に格上げした。

家康にしてみれば「倍の一万石にした」と言いたいのだろうが、播州姫路五十二万石、池田一族の九十二万石から見れば、一万石など鼻糞《はなくそ》みたいなものだ。

「父の首が立った一万石か……」

その輝政の無念が伝わったのか、永井直勝は七万二千石に加増される。

輝政には中風《ちゆうぶう》の気があり、家康から中風の薬烏犀円《うさいえん》などが下賜《かし》されていた。

この池田輝政の死去は大阪城には衝撃だった。

加藤清正を失い、池田輝政を失ったことは、難攻不落の大阪城の両翼をもぎ取られたようなものだった。

駿府城の家康は、秀頼への殺意を燃やしていた。

二条城で見た堂々たる巨漢の秀頼が頭から離れない。

再び、この国を二分して戦うことにでもなれば、自分のいなくなった幕府は間違いなく秀頼に倒される。

それを思うと枕を高くして眠れない。

家康は、天海《てんかい》や金地院崇伝《こんちいんすうでん》などの参謀と、秀吉が大阪城に残した黄金七十万枚、小判にすると七百万両という遺産金を減らそうと考えた。

秀吉の供養のためと、方広寺《ほうこうじ》の修復や、あちこちの寺院への寄進や修復など、秀頼と茶々に浪費させようと躍起になった。

既に、豊臣家の領地二百二十万石は、関ケ原で西軍が負けた時、家康が六十五万石に削減している。

それでも、秀吉が信長《のぶなが》の死後に、孫の三法師《さんぽうし》の領地を三万石にしたのから見れば、秀頼は優遇されている。

家康にしてみれば、六十五万石の領地を持ち、七百万両もの軍資金を持っている大阪城の秀頼は放置できない。その秀頼が幕府をも脅かしそうな偉丈夫《いじょうふ》では、家康が生きている間に秀頼を殺したいと考えても仕方ない。

池田輝政の死は家康の殺意を確実に強くした。

些細《ささい》なことでもいい、大阪城の秀頼と茶々に難癖をつけて追い詰める。言いがかりをつけて大阪城の反発を引き出し、戦いに持ち込む。

危険だが勝算はある。

秀吉という男はおかしな人で、家康にいつでも攻めて来いとでもいうように、二人だけの時に大阪城の弱点は東南の角だとか、二度に分けて攻めれば難攻不落でも何《な》んでもないとおしえたことがある。

家康を挑発したのかもしれない。

秀吉の度量の大きさは、信長も驚くほどだった。

小田原攻めの時は「小便をするからわしの太刀《たち》を持っておれ！」と、伊達政宗に刀を渡して立小便をしたり、正宗の家臣鬼庭《おににわ》は碁《ご》が強いと聞くと、側室の美女香《こう》の前《まえ》を賭《か》けて戦い、負けるなど変な爺《じい》さんなのだ。

秀吉はまだ元吉と名乗って針売りなどの行商をしている頃、荒くれの馬借《ばしゃく》や木《き》曽川《そがわ》の川並衆《かわなみしゅう》などを相手に賭け碁を覚えた。

わずかな銭を賭けてやる碁で元吉は強かった。

信長の家臣になってからも賭け碁が強く、何も賭けないとコロッと負けるのだが、銭が賭かると生き返ったように猛烈に強い。信長も碁が好きで強かったが、賭け碁では秀吉に一度も勝てなかった。

それは家康も同じで、黄金を秀吉に取られっぱなしだった。

家康は戦いにさえ持っていければ、大阪城を落とす自信があった。それに、信長は新兵器の鉄砲をうまく使ったが、家康は、南蛮《なんばん》では大砲《たいほう》というものが、戦いで活躍していることを知っていた。

その大砲をイギリスやオランダから輸入しようと考えていた。

国内でも堺や国友《くにとも》村に一貫目《かんめ》砲、二貫目砲、三貫目砲など、鉄砲とはまるで違う新兵器を作らせようとしている。

秀頼と二条城で会見した後、巨漢の秀頼に恐怖を感じた家康は、京にいた大名二十二人を呼び集め、幕府の命令に背かないという誓詞《せいし》を提出させている。

慶長十六年には会見に参加していなかった関東方面の大名六十五人にも同じように、幕府に背かないという誓詞を出させていた。

既に家康は戦支度に入っている。

浅野長政、堀尾吉晴《ほりおよしはる》、加藤清正、池田輝政と続けて亡くなり、この後、浅野幸《よし》長《なが》、前田利長《としなが》が亡くなることで大阪城は完全に孤立する。

秀頼と茶々は危機感を強めていた。

家康の殺意が消えない限り、江戸と大阪の激突が避《さ》けられない雲行きなのだ。

池田輝政の死は江戸にも大阪にも大きかった。

その頃、江戸でも浅草大川端の隠居こと鮎吉が亡くなった。冬の寒さを乗り切ったかに思えたが、老人の命は見た目より細くもろいのだ。

正蔵が二代目鮎吉になった。

この後、二代目は浅草を支配する大親分に伸《の》し上がっていくことになる。このことはお駒から勘兵衛に伝えられた。

お千代とお信はもう川崎大師に帰らず、お民の蕎麦餅《そばもち》屋とお繁の掛茶屋を手伝っている。こういうことが好きな二人なのだ。

この二人とお民、お駒の四人が組むと二代目もたじたじで、腹の大きなお民を抱いて寝るしかなかった。

この頃、醤油《しょうゆ》味の蕎麦切りというものが流行《はや》って、お民たち女三人のちょっと色っぽい店は大繁盛していた。手打ち蕎麦というものが爆発的に大流行するには、まだまだ五十年以上の刻《とき》が必要だ。

江戸はどんな商売でもできた。

何もないところからようやく立ち上がったばかりで、商売の上手《うま》い人はたちまち大金をつかんで長者になった。

江戸城の天下普請もまだ終わっていなかった。断続的に堀の普請や二の丸石垣の普請などが続けられていた。大阪城攻めを意識してか、大きな天下普請は行われていない。

大阪との戦いの後は数年間、天下普請は中止になる。

家康はいつも大名たちの懐《ふところ》具合を考えていた。大名といえども軍資金がないことには戦いも普請もできない。

無役《むやく》だと役料が入らず、旗本なども結構苦しいようで、大久保長安が家康に甲州豆粒金を収めたなどと聞くと、押し掛けていって家康から借金する。

革袋十数個の金が二日でなくなったとか、大金持ちの大久保長安にも大久保一族や、近しい旗本などから借用の話があった。

兎《と》に角《かく》、江戸は悪食《あくじき》で金銀を際限なく飲み込むのである。

世の中に風雲の兆《きざ》しが匂い始めた頃、米津勘兵衛は抱えきれない訴訟に忙殺され、押しつぶされそうになっていた。

何もない江戸に市政の制度を決めなければならない。

同時に奉行所の係りも明確にしなければならないが、訴訟の人手が足りない状況が続いている。

　何かあれば定廻役《じょうまわりやく》だけでは足りずに、吟味方《ぎんみかた》とか書き役なども捕り物に駆り出された。与力も捕り方などには出ないものだが、そんな悠長《ゆうちょう》なことは言っていられない。

　盗賊どもに逃げられてしまう。

　幕府もどんな統治の仕組みがいいのか決めていない。家康が将軍になって九年も経《た》っていない。多くは伏見城にいて大阪城と西国の対処に当たってきた。

　江戸は秀忠に任せてきたのである。

　江戸幕府というのは、家康の幕府というより秀忠の幕府なのだ。そんな江戸の市政をどうするかを決めるのは、勘兵衛の重大な責任だった。

　正月が過ぎて馬借の三五郎が北町奉行所に現れた。

「おう三五郎、お前、腰に差しているそれは何んだい？」

「これか、これは鉄の棒だ」

「何んでそんな物を差している？」

「悪い奴《やつ》を捕まえる時に使うんだ……」

「そんなもので叩《たた》いたら骨が折れるか、当たりどころが悪いと死んでしまうだろう?」

「手加減するよ」

三五郎は刀を差せないので、村の鍛冶屋に作らせた二尺五寸（約七五センチ）ほどの、親指ほど太い長い鉄棒を腰に差している。

「お奉行さまはいるか?」

「お奉行はまだお城だ。もうすぐ帰る」

「じゃ、待たせてもらうか……」

三五郎が馬を引いて奉行所の庭に入った。玄関前に馬をつないだ。

「どうした三五郎?」

半左衛門が三五郎に声をかけた。

「長野さま、片喰《かたばみ》っていう盗賊らしいんだ……」

「片喰?」

「いつもはっきりしねえ話だが、甲斐の盗賊らしいんだよ……」

「そうか。お奉行のお戻りだ」

「へい!」

半左衛門と三五郎が玄関前に控えた。いつものように勘兵衛が馬に乗って、文左衛門たちを連れて戻ってきた。

この頃、老中との話が長引くことが多い。江戸の人が増え、下町が東に広がって大川にまで達しつつあった。川向こうの深川村にも人が移住し始めていた。

だが、大川に橋がなく不便だった。

勘兵衛が預かる市政は複雑になってきている。

江戸の責任者は北町奉行の米津勘兵衛と、南町奉行の土屋権右衛門だったが、土屋はあまり丈夫でなく存在が薄かった。その分、勘兵衛の責任が重い。

「三五郎、またか？」

「へい……」

「片喰というそうです」

半左衛門が三五郎を助ける。

「片喰？　三五郎、上がれ！」

「あっしは庭からで……」

三五郎は自分が馬糞《ばふん》臭いと思い込んでいる。喧嘩《けんか》ばかりしていた頃、三五郎は馬糞野郎《まぐそやろう》と罵《ののし》られていた。それが身に染みている。

「そこから回れ……」

半左衛門が奥の庭へ行く道を教える。三五郎が奉行所の奥の庭に入るのは二度目だ。庭にうずくまると、着替えた勘兵衛が出てきた。

「甲州の賊だと？」

「へい、あっしは滅多《めった》に甲州街道の仕事はしないんですが、上総屋《かずさや》さんから日野《ひの》宿まで塩叺《しおかます》を四俵運んでくれと頼まれまして行きました。日野宿の木賃《きちん》に一晩泊まったんですが、一緒に酒を飲んだ野郎がポロッと口にしたんでございやす」

「日野宿か？」

「馬糞臭い仕事をしていないで仲間に入らないかと。あの野郎、酔った勢いで泥棒仲間に入れと誘ってきたんでござんす。叩き殺そうと思ったんですが、殺しちゃ全部パーですから……」

「うむ、よく我慢したな」

「へい、お奉行さまの家来ですから……」

「そうだ。それでそのふざけた野郎はどんな男だった？」

「小男で、顔の左眉の上と左手の甲に傷がありやす。あれは火傷《やけど》の跡だと思うんで……」

話を聞いていた半左衛門が、サッと座を立った。

「その男とは日野で別れたのか？」

「へい、翌朝にはもう宿にはいませんでした。ところが、その野郎が府中宿《ふちゆう》の手前で待ち伏せしやがって……」

「やりあったのか？」

「あの野郎、匕首《あいくち》なんか抜きやがって、おれを殺そうとしやがるんで、この鉄の棒で追い払いやした……」

「木刀から鉄の棒に替えたのか？」

「へい、鍛冶屋であつらえまして……」

「そうか、その男は、お前に断られたんで殺しにかかったんだな。気をつけろ。近づいてくる者に気をつけろ！」

「へい……」

「捕らえられない時は手足の一、二本折ってもいいぞ！」

「へい！」

三五郎がうれしそうにニッと笑った。お奉行から喧嘩のお許しが出たと思っている。この小男は平太《へいた》といい片喰の配下だった。

この時、三五郎を不用意に誘ったことで警戒した平太は、府中宿にとどまって江戸に入るのをためらっていた。

半左衛門は三五郎の話を聞くとすぐ、与力や同心の配備に取りかかった。それはいつもの対策で、盗賊を阻止してきた実績がある。

手掛かりが明確で、半左衛門は捕らえられると自信を持っていた。

江戸への出入りを厳重に見張り、見廻りもいつもより厳しくした。九郎兵衛一味や金兵衛一味のような、出会い頭ということがあるからだ。

その翌日、府中宿に片喰の頭《かしら》弥四郎《やしろう》が到着して、平太から話を聞いていた。

「平太、お前は江戸に行かなくていい。甲府《こうふ》に戻っておとなしくしていろ……」

「お頭……」

「江戸での仕事は初めてだ。用心にこしたことはない。いいな、甲府に戻るんだぞ！」

「へい……」

平太は不満だったが自分がしでかしたことで、江戸の仕事から外されても仕方のないことだった。江戸には先乗りの仲間が入って既に巣を作っていた。

弥四郎と仲間四人がバラバラに江戸へ向かった。

内藤新宿には青田孫四郎や石田《いしだ》彦兵衛・赤松《あかまつ》左京之助、朝比奈市兵衛、村上金

之助、森源左衛門《もりげんざえもん》、佐々木勘之助、黒井新左衛門《くろいしんざえもん》らが見張り所にいて、厳重に平太を探していた。

手掛かりは平太だけだった。

笠《かさ》をかぶって入ってくる者にも目を光らせていた。

弥四郎は用心深い男で、勘兵衛の怖さを充分にわかっている。わずかでも隙を見せるとやられると思っていた。

それだけに、一度はやってみたい仕事だった。

府中宿で平太に話を聞いた時、この仕事は投げようかと思った。だが、一年越しで仕掛けた仕事だと思ったのがまずかった。

平太を連れて一旦甲府に戻り、出直す余裕が必要だったが強行した。

弥四郎たちが江戸に向かうと、平太は日野宿に向かった。

府中宿から日野宿までは二里（約八キロ）だ。

ブラブラと急ぐ旅でもなく平太は暢気《のんき》に歩いて行った。

その前に三五郎が立った。

「おい、待っていたぞ！」

「なんだと！」

平太が懐の匕首を握る。三五郎が腰の鉄棒を抜いた。三五郎は、江戸で仕事をした平太が戻ってくると待ち構えていたのだ。何んとも危険な考えだ。

仲間が何人でくるかわからなかったが、みんな一緒に現れるとは考えていない。

自分に都合のいい考えだ。

その平太があまりに早く現れたので驚いた。

「お前のことが気になって戻ってきた……」

「この野郎、やる気か？」

道端《みちばた》で二人がにらみ合った。街道に人はいない。平太が匕首を抜いて構えたが、二尺五寸の鉄棒との対決では不利だ。

三五郎を刺そうとしたが、鉄棒で腰をしたたかに叩かれて道端に転《ころ》がった。一撃で勝負がついた。

「この野郎、殺しやがれ！」

「殺さねえよ。江戸に連れて行く……」

「なんだと、この糞《くそ》野郎！」

平太は罵るが、後ろ手に縛られ、馬の背に腹這《はらば》いに乗せられた。

「馬鹿野郎ッ、下ろせ！」

「黙って乗ってろ……」

「てめえ、ぶっ殺してやる！」

平太はもがくが縛り上げられては逃げられない。

その日、三五郎は捕らえた平太を馬の背に乗せて、夜遅く北町奉行所に戻ってきた。門は既に閉められていたが、門番が大慌てで開けると三五郎を迎え入れた。

「三五郎、そいつはなんだ？」

「泥棒だ……」

「お前が捕まえたのか？」

「うん……」

深夜の奉行所が大騒ぎになった。雪が降り出しそうな寒い夜だった。

第十一章　老醜《ろうしゅう》

その同じ夜、平太の捕縛を知らない弥四郎は、隠れ家で二人と合流、六人を率いて日本橋の下《くだ》り酒の問屋に向かっていた。

下り酒は、船で上方《かみがた》から江戸に運ばれてくる。

この頃、江戸の海には、あちこちから荷を積んでくる船が何艘《そう》も浮かんでいた。

弥四郎一味は、店に入れていた配下のお鯉《こい》が裏木戸を開《あ》けると、和泉屋五兵衛《いずみやごへえ》に侵入、金蔵から千両だけを奪うと、その夜のうちに江戸から姿を消した。

奉行所では平太を責めたが白状しない。

夜が明けると、和泉屋五兵衛が襲われたと判明した。

秋本彦三郎が、平太に石を抱かせて責め抜いたが、平太は思いの外《ほか》強情で白状しなかった。だが一休みして、勘兵衛が下城してから再び拷問《ごうもん》が始まった。

「白状します……」

今度は一転、石を抱かせようとするとあっさり白状するという。

「お前の名は？」

「平太……」

「一味はどこにいる？」

「甲府です……」

「甲府のどこだ？」

「要害山《ようがいさん》……」

「山だな。その山のどこだ？」

「積翠寺《せきすいじ》……」

「一味は何人だ？」

「八人……」

平太がすらすらと答える。それがすぐ勘兵衛に報告された。

「平太か、一味が逃げる刻《とき》を稼ぎやがったな……」

「早速、甲府へ？」

「うむ、藤九郎、孫四郎、甚四郎の三人でいいだろう」

「はい！」

宇三郎が部屋から出て行った。

甲府は幕府の直轄地で、慶長五年（一六〇〇）に甲府城を築城した。城のある新府中と信玄の古府中とに分かれている。

以前、甲府の北に要害山城があり、そこで武田信玄が生まれた。その要害山麓に積翠寺がある。そこに弥四郎一味の隠れ家があるということだ。

積翠寺には積翠寺温泉がある。そこに一味がいると平太はすべて白状した。

三騎が奉行所を飛び出した。

その頃、弥四郎一味は寝ることもなく甲府を目指していた。足弱なお鯉は男たちに背負われた。

弥四郎が積翠寺温泉に着いた時、先に戻っているはずの平太がいないことに不審を感じた。

「おかしいな、平太が戻っていない……」

「何かあったのか？」

「平太は言いつけを守らない男ではない」

「それでは……」

「危ない。ここから離れよう。諏訪《すわ》大社だ！」

「逃げよう！」

「諏訪大社に集まれ！」

一味はそれぞれが勝手に山を下りた。

眠く疲れていたが、そんなことを言っている場合ではない。一気に山を下りると甲州街道を、江戸とは逆に諏訪湖方面に逃げた。

それから一刻半（約三時間）ほど後に藤九郎たち三騎が山に登ってきた。既に、逃げ去った後で積翠寺温泉に一味の影も形もない。

藤九郎は逃げられたとすぐわかった。

それでも三人は一晩待ってみたが一味は現れない。その頃、弥四郎一味は信濃《しなの》諏訪大社まで逃げていた。

三騎はあきらめて山を下りると甲州街道を江戸に向かった。

平太の強情が一味に逃げる間を与えた。勘兵衛が予期した通り最悪の事態になった。ただ、千両は盗《と》られたが人に被害はなかった。不幸中の幸いと考えるしかない。

秋本彦三郎によって平太は調べられたが、一味を捕まえる手掛かりになるようなものは何も出なかった。

お鯉の方は、和泉屋五兵衛が妾《めかけ》にしようとした女だったことがわかった。遊びに千両とはひどく高くついたものだ。

三五郎は奉行所から二両の褒美《ほうび》と、半左衛門から危ないことはするなという小言をもらった。奉行所にもう少しの余裕があれば、三両とか五両とか褒美を出したいところだが、そういうゆとりはまったくない。

その二両も一両は勘兵衛の懐から出たものなのだ。

片喰事件が終わって間もなく、天下の総代官と言われ、家康と幕府を黄金で支えた大久保長安が、四月二十五日に駿府城下の大久保屋敷で死去した。

死んだら黄金の棺《ひつぎ》に入れて葬《ほうむ》れと言い残し、側室八十人と豪語した男は、痛風の悪化で亡くなった。

その天才ぶりは武田信玄に育てられ、家康によって開花したといえる。

江戸幕府の草創期を黄金で支え、百五十万石の幕府の直轄地を支配し、街道を整備して一里塚を設置、一里は三十六町、一町は六十間、一間は六尺と決めたり、その業績は家康にも幕府にも大切なものばかりだった。

酒好きで女好きという。

家康の遺産金黄金六百五十万枚、小判にして六千五百万両は、この天才が各地の山から掘り出して家康に与えたものなのだ。

江戸幕府二百六十年の中で、外様《とざま》から老中にまでなったのはこの天才一人である。

この男が生きているうちは、誰も何も言えなかった。

ところが、亡くなった途端《とたん》、狡猾《こうかつ》な本多正信が大久保長安は不正蓄財したと騒ぎ出した。

本多正信の質《たち》の悪さは、本多平八郎《へいはちろう》が「あいつは本多一族ではない！」と言った一言が証明している。

金山銀山の仕組みを知らない本多正信の言いがかりだった。

大久保長安は、金銀を掘り出すにあたって家康と契約を結んだ。山師は金銀を掘り出すにあたって、山の持ち主と取り分を決める。

それはほぼ決まっていて山主が四分、山師が六分であった。それはなぜかというと、山師は金採掘の経費をすべて賄う。

山に穴をあける金掘人の賃金から、間歩《まぶ》という穴の資材の費用、精錬して金塊、銀塊にする費用など、すべてを山師が賄い、金塊、銀塊にして山主に渡した。

山に穴をあけても金銀が出なければ、山主はそうですか残念でした、で済むが、山師は賃金と間歩の資材費など莫大《ばくだい》な費用を出している。

山によって水が出たり、熱い湯が出たりすると、一万両、二万両の費用が簡単に吹き飛ぶのだ。

まさに山師は賭けなのだ。だから賭け事の好きな人や、一か八《ばち》かの人を山師という。

大久保長安も家臣ではあるが、山のことは山の決まりで、家康とこの山師の契約を結んだ。その方が家康も得なのだ。

ダラダラと仕事をされるより、取り分が決まっていると、仕事の力の入り方が違ってくる。掘れば掘った分の六分が自分のものになる。

これは過酷な金掘人たちを働かせる方法だった。

石見《いわみ》銀山などでは三十歳まで生きられたら、赤飯でお祝いだというほど金掘人の仕事は過酷だったのだ。

それを働かせるには取り分を多くしてやるしかない。

従って、後の江戸幕府は金採掘が細ってくると、罪人を佐渡《さど》金山に送ったりする。幕府は金が足りなくなって少しでも多く金が欲しかったからである。

罪人であれば死ぬまで働かせることができたからだ。

四分六でも山師の取り分はギリギリなのだ。

そこで天才大久保長安は、南蛮からアマルガム抽出法を導入、効率よく金銀を取り出す方法で生産量を上げた。

水銀が合金になりやすいことを利用して、一旦、金銀を水銀との合金にして吸い取る方法で、金銀抽出の効率がいい。この方法で、大久保長安は金掘人供養の寺を立てたり、各山に次の間歩を掘るための資金などを貯《た》めていた。

それを大久保長安が死ぬと、いきなり不正蓄財だと本多正信は騒ぎ立てた。

大久保長安が亡くなると、翌日から騒ぎ出したのだから何らかの目的、正信の好きな謀略が秘められていた。

それは一つに、これから大阪の秀頼と戦うにあたって戦費が必要だったこと、もう一つは、政敵大久保忠隣《ただちか》を失脚させる元凶に、大久保長安の死を使う。

理由はこの二つだった。

この頃、佐渡金山や黒川《くろかわ》金山、石見銀山などの金銀算出が渋くなってきていた。

家康はこの本多正信の謀略に乗った。

家康の恩知らずと言いたいところだが、大久保長安は、家老を務めた松平忠輝《まつだいらただてる》に伊達政宗の娘五郎八姫《いろはひめ》をもらった時に政宗に近づき、家康より政宗の方が人間は大きいと、幕府の転覆を考えたりしている。

どっちもどっちで、五分五分と言ったところだろう。

各金銀山から集められた大久保長安の私財は、金銀五千貫で小判にして百万両ほどしかなかった。

新しい金銀山を数個開発したらなくなる小判しかなかった。

山師にとっては、金を掘り当てるため次の間歩を掘る百万両でしかないが、本多正信にはびっくり仰天、ひっくり返りそうな百万両だった。

家康に収めただろう八、九千万両から見れば、四分六の取り分はどこに消えたというほど、大久保長安の黄金は残っていなかった。

金を掘るということは、それほど経費が掛かるのだ。

大阪と戦うには喉《のど》から手が出るほど欲しい百万両だった。

百万両を取り上げるなら仕方ないが、その謀略を隠すように、家康は大久保長安の子ども七人に、各金銀山の仔細《しさい》を調べて報告しろと命じた。

そんなことが、山の素人《しろうと》の子どもたちにできるはずもわかるはずもなかった。

「若輩で能力不足でお役目を果たせません」

そう答えるしかない。金銀山の運営は複雑で、幕府にはその能力を持ったものがいなかったのだ。

色々な武将が金山、銀山奉行になったがうまくいかずに、大久保長安だけがうまくやれたので、佐渡金山、黒川金山、身延《みのぶ》金山、伊豆《いず》金山、生野《いくの》銀山、石見銀山などすべての金銀山の奉行を兼務したのだ。

それを、死んだ途端に言いがかりをつけるとは悪質もいいところだ。

命令を遂行できないのであれば、千石の知行も与えられないと強引に勘当した。ここまでは仕方ないとしよう。

大久保長安が亡くなって三か月後、七月九日に、長安の嫡男大久保藤十郎《とうじゅうろう》三十七歳を筆頭に、外記《げき》、青山成国、達十郎《たつじゅうろう》、内膳《ないぜん》、右京《うきょう》、僧安寿《あんじゅ》十五歳まで七人全員切腹、大久保家は断絶、金銀の家財や骨董《こっとう》など、金目の物は駿府城の蔵に納められた。

それでも粛清ともいえる処罰は終わらなかった。

大久保家の小者、手代、関係の寺まで調べられ、納められた甲冑《かっちゅう》などは、長安が謀反を企てた証拠だと因縁をつけられて没収された。

長安の家臣たちや下役まで斬首、大名青山成重七千石の減封閉門、旗本弓気多《ゆげた》家《け》、久貝家《くがいけ》、鵜殿《うどの》家は改易所領没収、大名高橋元種《たかはしもとたね》と富田信高《とみたのぶたか》が所領没収、大名の石川康長《いしかわやすなが》、康勝《やすかつ》、康次《やすつぐ》の三人が所領没収。

翌年一月には、遂に老中大久保忠隣が改易、二月には勘兵衛の一族も狙われた。

亡くなった十六神将米津常春の嫡男が狙われた。

常春が亡くなったのが痛かった。

米津正勝と弟米津春親が切腹を命じられる。

最後は家康の六男松平忠輝の改易流罪にまで発展、さすがに家康も伊達政宗には手を出せなかった。

大久保長安が死ぬとこの言いがかりで、家康も秀吉と同じで、大阪城を潰《つぶ》さないと幕府が危ない。幕府を守るためならば、関白秀次《ひでつぐ》を殺した秀吉と同じで何んでもする。

さすがの家康も七十二歳になって妄執が激しく、ぼけが回り始めていた。人にとって老醜《ろうしゅう》は仕方のないことだ。

その老醜が二人揃《そろ》うとやることとなすこと強引で、死が迫っている危機感に二人は包まれていた。本多正信は七十六歳だった。

米津勘兵衛も、老中で勘定奉行《かんじょう》の大久保長安と親しかったが、本多正信は仕事上のことと見たのか、家康の気に入りだからと思ったのかお構いなしだった。

本多正信も老中で、勘兵衛は仕事上よく話をした。

理由はわからないが勘兵衛の災いにはならなかった。

秋口まで吹き荒れた大久保事件がようやく静かになる。勘兵衛もここ数ケ月緊張していた。

その頃、鮎吉が亡くなって二代目になった正蔵は、鮎吉が裏稼業と言った荷運びを表稼業にして、裏の稼業は二度としないことを定吉に申し渡した。

「へいお頭、それがようござんす。江戸は北町の鬼勘《おにかん》が厳しくて、先代も仕事ができねえとぼやいておりやした。くわばら、くわばらで……」

「そうか、それじゃ、これから鬼勘に会いに行こう」

「ゲッ、冗談をおっしゃっちゃ困りやす」

「冗談じゃねえよ。ついて来い……」

正蔵が立ち上がると、小梢が困った顔で正蔵の袖を引いた。

「どうした？」

「怖いの……」

「何が？」

「お奉行所……」

「心配するな。お奉行所に連れて行かれる悪さはしていねえ……」

「うん、だけど……」

「必ず帰ってくるから、待っていなさい」

「ほんとだね？」

「心配するな」

小梢は、正蔵が上野の家に帰るのではと心配なのだ。

「定吉、行くぞ……」

「本当なんですか、嫌《いや》だな……」

「二代目になった挨拶《あいさつ》をするだけだ」

「お頭はお奉行とどんな関係で、もしかして一度捕まったとか？」

「そんなドジじゃねえよ……」

定吉がニッと笑う。

「お奉行と幼馴染《おさななじみ》だとか、そんなことはないか？」

ブツブツ言う。

「行けばわかる」

「へい……」

定吉は正蔵の正体をほぼわかっていた。密偵ではなかったかということだ。だが、そんな素振りはまったくない。

町奉行所なんてえところは近づいちゃいけないところ、それが定吉の考えで、大の苦手で尻の穴がむずむずしてしまう。

「親方、こういうところはいけやせんです。戻りましょう。あっしの鬼門でやす」

「いいから入れ……」

正蔵が門番に軽く会釈して奉行所に入る。

「おう、二代目……」

半左衛門が声をかける。

「お奉行さまはおられますか？」

「うむ、お城から戻ったばかりだ。上がれ……」

定吉はあちこち見まわして落ち着かない。こういう場所からは逃げたくなる。半左衛門に連れられて勘兵衛の部屋に入った。

「来たな二代目……」

銀煙管《ギセル》に火を吸いつけて美味《うま》そうにやる。鋭い眼光で勘兵衛が定吉をにらんだ。とんでもないところに来たと定吉は凍り付く。

「ご挨拶に上がりました」

「うむ、大泥棒の二代目襲名か？」

「恐れ入ります」

「百人からの手下を泥棒で食わせるには、毎日どこかに入らなければなるまい？」

「そういうことになります」

「百人の首を刎《は》ねるのは、奉行所もたいへんなことだ」

「ご厄介《やっかい》をおかけいたします。この定吉を差し出しますので残りはご勘弁願います」

「ゲッ、お、親方、そりゃないよ……」

「定吉、うぬの首一つで九十九人が助かる。覚悟せい！」

「お、お奉行さまッ、お許しを！」

　正蔵の後ろに隠れるようにして平伏した。

「定吉、許してもいいが人を殺《あや》めていないだろうな？」

「へい、ございませんです」

「金輪際《こんりんざい》、盗みはしないと約束できるか？」

「へい、決してしませんです」

「配下にも言い聞かせられるか？」

「必ず、言い聞かせます」

　定吉が勘兵衛と約束した。

「二代目、一人でもこの約束を破ったら定吉の首をもらう。それでいいな？」

「結構でございます」

「お、親方……」

　泣きそうな定吉だ。

「稼業は荷運びでいいのか？」

「はい、これから船を増やして川だけでなく、海の方の仕事もしたいと考えております」

「そうか、海と川の両方をやるか？」

「よろしくお願いいたします」

「相わかった。今の江戸で最も大切なのが荷運びだ。人、物、銭が集まれば江戸はどこまでも大きくなる。物を運ぶ仕事は大切だ」

「はい、肝に銘じます」

「人と銭は日に日に増えるが、物を増やすのは難しい。物が足りなくなると江戸は死ぬ。海からでも川向こうからでも運んできてくれ……」

「承知いたしました」

正蔵と定吉は、半刻ほど勘兵衛と話して奉行所を出た。

「定吉、どうであった？」

「へい、お奉行さまは怖い人で変な約束をさせられました。この首が落ちるかと思うとぞっとしやす」

「鬼勘だからな……」

「先代が怖がったのもわかりやした」

「そうか、どうする。吉原に寄って行くか？」

「へい、うちの者たちも来ているでしょうから、親方は上野へ？」

「うむ、上野によってから浅草だ」

「それじゃ、あっしはちょっと行ってきやす」

「泊まりか？」

「へい、すみません……」

「琴松《ことまつ》か？」

「へえ、琴松しか……」

「そうか……」

男のような名前の遊女で定吉が気に入っている。これまで何度か上がったが、琴松はちょっと小年増だが、駿河の女で情の濃い定吉好みなのだ。

何んと言っても、琴松は気が乗ると床上手で一生懸命なのが可愛《かわい》い。

吉原の妓楼《ぎろう》は飲み泊まり一泊で連泊はできない。

正蔵が小判を三枚渡した。

「他の者の支払いもな……」

「へい、行ってきやす！」

奉行所の門前から定吉が日本橋吉原に向かって駆け出した。

「定吉もまだまだ若いか……」

正蔵が定吉を見送って上野に向かう。正蔵の糟糠《そうこう》の妻お民が女の子を産んでいた。

お千代とお信は川崎大師に帰る気配がなく、上野の仕事にすっかり馴染んで、正蔵の入る隙間がないようだ。

娘一人に母親三人になっている。お駒が加わると四人だ。

お信は子どもが泣くと、乳など出ないのに自分の乳首を含ませたりする。その子どもに正蔵が梅《うめ》と名をつけた。

第十二章　メイフラワー号

秋口になって、浅草寺《せんそうじ》にお参りに行った小梢《こずえ》とお昌《まさ》が行方不明になった。

お昌は小梢の母お朝《あさ》が亡くなると、そのお朝に代わって小梢を育てたお朝の妹だった。亡くなった鮎吉から「小梢を頼む……」と託《たく》された。

「親方、浅草寺の周辺は全部探しました」

定吉が配下の若い衆二十人ばかりと、浅草の心当たりはもちろん、浅草寺の床下まで探したが見つからない。

そんなに広い場所ではないから、百姓家の一軒一軒まで調べた。

大人二人が消えるとはおかしな話だ。

大川端の屋敷に、大勢の配下が雁首《がんくび》を揃えてうな垂《だ》れている。

「定吉、何かわしに隠していることはないか？」

「隠していること？」

「そうだ。昼日中に大人二人が消えることなどありえない。わしは神隠しなど信じない男だ……」

「親方……」

「わしは何を聞いても驚かないぞ。二代目だからな……」

「親方、実は、小梢さまには同じ母親から生まれた兄が一人おります。おそらく、その兄に呼び出されたものと思います……」

「その兄の父親は先代か？」

「はい、十八になった時、先代と大喧嘩をしまして勘当《かんどう》されました」

「幾つになる？」

「確か二十七歳かと思います」

「名は？」

「房吉《ふさきち》です」

「小梢を連れていった目的は何《な》んだと思う？」

「銭に困っているのではないかと……」

正蔵は、今回が初めてではなく、これまでも小梢が銭を渡していたのではと思った。この中に、房吉を手引きしている者がいると正蔵はにらんだ。だがそれは聞かない。

「そうか、銭のことか……」

「上方《かみがた》にいたはずなんですが……」

「小梢とお昌を返してくれるなら会ってもいいのではないか？」

「親方……」

「銭が欲しければやる。条件は二人を返すことでどうだ？」

「へい……」

「そのうちつなぎを取ってくるだろう。二人を傷つけたら二代目の名にかけ、どこまでも追って必ず殺す。先代の息子だが許さぬ。それでいいな？」

「へい……」

定吉が了承した。

「わしは先代からも小梢からも房吉のことは聞いていない。歯向かうのは今回だけは許すが二度目はない！」

これは正蔵の本心だ。こういう男をのさばらせると、後々祟《のちのちたた》りかねない。どんな男かを見るため、一度だけは会ってみようと思う。

夕刻、まだ明るいうちに、近所の子どもが結び文《ぶみ》の紙片を届けてきた。

「親方！」

結び文を持って若い男が飛び込んできた。

その紙片には、五つ（午後八時頃）千両金杉村《かなすぎ》根岸《ねぎし》一本杉房と書いてある。

「千両だ……」

正蔵が定吉に紙片を回した。

「すぐ支度します！」

「うむ、定吉、弥平次《やへいじ》の二人、支度をしてくれ……」

正蔵は、紙片に人数の指定がないため三人で行くことにした。

この事件が発覚した時、配下を一人、上野の直助のところへ密《ひそ》かに走らせていた。その奉行所の援軍は、倉田甚四郎、朝比奈市兵衛の二人だった。

直助と二人は鮎吉屋敷には入らず、外で尾行する配置について、動きを待っていた。子どもが結び文を届けたのも見ている。

四半刻（約三〇分）も待たずに正蔵と定吉、弥平次の三人が出てきた。

金杉村根岸はそう遠くはない。

金杉村でも浅草に近い方を根岸と言った。三人を直助たちが追う。薄暗くなり始めているがまだ酉《とり》の刻（午後五時～七時）だった。

「少し早いか？」

「もう薄暗いですから来ているのではないでしょうか？」

「ゆっくり行こう……」

三人が酉の刻が終わる頃、根岸の一本杉に着くと、質《たち》のよくない見るからに遊び人に浪人という男四人と小梢とお昌がいる。

「房吉か？」

「ああ……」

「二代目になった正蔵だ。知っているか？」

「ああ、銭は？」

「小梢とお昌を返してもらおう！」

「小梢、行け！」

「兄さん……」

「行け！」

房吉が小梢を正蔵に押し出した。

「定吉……」

「へい……」

布袋に入った五百両を持って房吉に近づくと足元に置いた。

「若旦那、こんなことをして……」

「定吉、親父《おやじ》が死んだそうだな。千両では少ないか？」

「そんな……」

小梢が正蔵の後ろに来ていつものように袖《そで》を引いた。

「大丈夫か？」

「うん……」

「弥平次……」

「へい！」

弥平次も五百両の入った袋を房吉の足元に置いた。その袋を浪人が持とうとする。

「触るな！」

房吉が怒った。

「何ッ！」

浪人がいきなり太刀を抜くと、房吉の背後から袈裟掛《けさが》けに斬《き》り下げた。房吉がよろよろと二、三歩前に出て顔から道端に倒れた。

「頭《かしら》ぶるんじゃねえ！」

「若旦那ッ！」

「兄さんッ！」

　定吉と小梢が房吉に駆け寄った。

「行くぞ……」

　二人の浪人が袋を下げると歩き出した。

「待て！」

　正蔵が呼び止めた。

「何んだ！」

　浪人が立ち止まる。その時、倉田甚四郎と朝比奈市兵衛の二人が浪人の前を塞いだ。

「役人か！」

「叩っ斬れ！」

　銭袋を下げたまま、もう一人の浪人が太刀を抜いた。房吉の子分の若い男が匕首を抜いた。すると定吉と弥平次も匕首を抜いて正蔵の前に出た。

「若旦那、しっかりしなせい！」

定吉と小梢が名を呼ぶが、相当な深手で房吉はもう意識がない。

甚四郎と市兵衛がゆっくり太刀を抜いた。それでも二人の浪人は銭袋を手放さない。五百両の黄金はかなり重い。

そんなものをぶら下げて戦えるはずがない。

それに気づいたのか一人がドサッと銭袋を落とした。もう一人は下げたままだ。相当、黄金の重さに執着している。

銭袋を置いた浪人が甚四郎に詰め寄った。

市兵衛が銭袋を下げた男に向かっていた。市兵衛の小野派一刀流は片手で相手できるほど温《ぬる》くはない。

上段からシャーッと間合いを詰める。浪人が片手で上段から市兵衛に斬りつけた。隙《すき》だらけのなまくら剣法だ。チーンッと撥《は》ね上げた市兵衛の剣が深々と浪人の右胴から横一文字に斬った。

ジャラッと銭袋を投げて、杉の木の根方に転がって動かない。

もう一人の浪人は慎重だ。右に回りながら逃げることも考えている。甚四郎はジリジリと左に動いてその逃げ道を塞《ふさ》ぐ。それを嫌った浪人が一気に間合いを詰めた。

浪人が振り下ろした太刀に合わせて摺《す》り上げると、刃《やいば》を返してザッと袈裟に斬り下げた。柳生新陰流の太刀筋だ。

浪人は凄《すさ》まじい血を吹いて、倒木のようにドサッと草原に倒れ込んだ。

匕首を抜いた男は、定吉と弥平次に捕まって縛り上げられた。

浪人に首から右わき腹まで、深々と斬り下げられた房吉は意識を取り戻すことなく、戸板で大川端の屋敷に帰る途中で息絶えた。

父親の鮎吉に勘当され、上方でも根を張れずに死体となって家に戻ってきた。

「仕方ない。心を入れ替えられなかったようだな」

「あたしには優しい兄でした」

「そうか、それはよかった」

「お昌にも優しい若旦那さまでした……」

お昌も涙ぐむ。

「うむ……」

正蔵は、房吉が生まれる場所と時を間違えたのだと思う。

父と子が衝突することはよくあることだ。それは、父や周囲の期待に応えられない子が多いからでもある。房吉もそんな一人だったのだろう。

ましてや父親が大盗賊の頭だと知った時の房吉が、絶望したであろうことは理解できる。そこで、親とは違う生き方を見つけられたかもしれないのだが、正蔵には想像することしかできない。

子が父の期待に応えるということは、生半《なまなか》なことでは実現できない。二十年、三十年と長い年月のかかることでもある。

鮎吉の遺言になかった房吉は、悲しい結果に終わった。

この頃、野心家の伊達政宗が、スペインなど南蛮との交易や支援を狙って、遣《けん》欧使節《おうしせつ》を送り込もうとしていた。

その使節に選ばれたのが支倉常長《はせくらつねなが》で、この前年の慶長十七年（一六一二）九月十五日に浦賀《うらが》からメキシコに向かって、ルイス・ソテロの案内で二百人近い随行員と一緒に常長が出航した。

ところが不運だった。

秋の猛烈な暴風に見舞われ、いきなり上総御宿《かずさおんじゆく》に流され船が座礁《ざしょう》してしまう。

メキシコに行く騒ぎではない。目の前の陸地に帰れるかすら怪《あや》しかった。この時期は南からの野分《のわき》が押し寄せる時期で、危なく沈没するところだった。

支倉常長ら一行は陸に戻り、応急で船を修理すると、一旦奥州仙台《せんだい》に戻った。

船は雄勝浜《おがつはま》に引き上げられて一年をかけ、長い船旅に耐えられるよう本格的に修理された。

ローマまで行って戻る旅に再出発したのは、一年後の慶長十八年（一六一三）九月十五日のこと。月ノ浦《つきのうら》から百八十人を乗せてだった。

この支倉常長の遣欧使節には悲劇が同行していた。

家康と幕府はキリスト教の扱いに苦慮していたが、翌慶長十九年（一六一四）十二月十九日に禁教令の公布に踏み切る。キリシタンの弾圧が始まる。

遣欧使節の通商交渉は、日本の禁教令が欧州に伝わり成功しない。追い返されることになってしまう。

元和《げんな》六年（一六二〇）に、七年ぶりに一行は帰国するが、激しいキリスト教弾圧の時代に突入していて、常長の生きられる世界ではなかった。

二年後、失意のうちに常長は死去してしまうが、それだけで終わらなかった。

その後、支倉家の家臣がキリシタンであることが発覚、常長の息子常頼《つねより》が責任を問われて処刑、支倉家は断絶してしまう。

歴史は戦いや疫病《えきびょう》によって急展開することがある。

応仁《おうにん》の乱は戦いだけでなく、凄まじい疫病が蔓延《まんえん》して狂気に落ちていた。

信長の桶狭間《おけはざま》の戦いは小さい戦いだが、信長が応仁の乱以来の百年の乱世を薙《な》ぎ払う第一歩になった。

関ケ原の戦いは二百六十年の泰平の世を開く切っ掛けになった。

この頃、まだアメリカは存在していない。

メイフラワー号がイギリスから出港するのは、支倉常長が帰国した元和六年八月で、この七年後ということになる。

アメリカの独立宣言は百六十三年後だ。

世界の歴史も激動の時代に向かっていた。

幕府は禁教令を公布して、やがて国を閉ざす鎖国に向かうことになる。その兆《きざ》しが見え始めたのがこの慶長十八年だった。

八月二十五日に浅野幸長が三十八歳で死去した。

その死因は、加藤清正と同じ朝鮮出兵で遊んだためだった。

大阪城は日に日に孤立を深めていた。それは家康と幕府に対する恐怖だった。

家康は大阪城の軍資金七百万両を使わせようと働きかけている。

茶々はその恐怖を神仏にすがるように、家康に言われるまま寺社の修繕などに黄金を使っている。

この頃、江戸にまたしても辻斬りが頻繁《ひんぱん》に出るようになった。江戸と大阪の関係がこじれて、大きな戦いが起きるのではという空気が流れ始めたからだ。不安は人の心を狂わせる。

北町奉行所には、罪人の試し斬りを依頼する刀が十本も集まってきた。二つ胴でも二十人の罪人が必要になる。

不安からいらだつのか、旗本奴《はたもとやっこ》が城下に出て悪さをする。

大鳥逸平の大粛清以来、静かにしていた旗本の次男、三男が集まって、知りもしない戦話をする。

江戸にいる浪人も戦いになれば、出世できる手柄を立てられる最後の機会になるだろうと、槍《やり》を磨いて西に向かう。縁故の大名や武将に陣借《じんが》りしなければ、勝手に戦いに参加することはできない。

大将首を取れば恩賞に与《あず》かれる。

場合によっては仕官もできるという命がけの参陣だ。

また、幕府内でも大久保忠隣と本多正信の犬猿の仲が最終局面にきていた。岡本大八事件では、大八が本多正純の家臣だったことから、本多正信、正純親子が傷ついた。

大久保長安事件では、巻き返しを狙う正信の謀略に、大久保忠隣と一族が深く傷を負った。

この大久保家と本多家の確執は長かった。

頑固一徹の三河《みかわ》武士忠隣は、十一歳で家康に仕えてから歴々の武功を上げてきた。三河一揆《いっき》で家康に歯向かって逐電《ちくでん》、松永久秀《まつながひさひで》の家臣になり、家康に詫《わ》びを入れて帰参した正信などは、噴飯者《ふんぱんもの》でしかないと思っている。

忠隣はそんな正信を、鷹匠《たかじょう》上がりの腰の定まらぬ男と軽蔑《けいべつ》さえしていた。

そんな忠隣を襲った不幸は長安事件より、二年前の慶長十六年十月に嫡男忠常《ただつね》が亡くなったことのほうが大きかった。

忠常は幼少から優秀な子で、元服時には秀忠から忠の一字と二万石を拝領し、異例なことで将来は老中を約束された男だった。

三十二歳の死去で、すべてはこれからだった。

才知に優れ、温厚で徳が高く、誰からも好かれ、若年ながらその権威はすこぶる高く、本多正信の右に出ると言われ、尋常《じんじょう》ならざる正信の嫉妬《しっと》があったという。

忠常が病に倒れると、江戸から多くの友人知人が小田原《おだわら》城《じょう》に向かった。ところが、正信はこの見舞いを禁止した。

嫡男を失い意気消沈の忠隣は反論しなかった。

見舞いに行った者が閉門処分となるなど、忠常の友人知人にまで嫌がらせをするに及んで、正信、正純親子による暗殺だという疑いまで出る。

忠隣は屋敷に籠《こも》りがちになり、やがて正信、正純親子は、忠隣が謀反を考えていると追い詰めた。

江戸はいつになく騒然としている。

北町奉行の米津勘兵衛もそんな空気を感じて、登城するたびに、何かあるのではないかと緊張して老中と会った。

そんな江戸の暮れに、またも盗賊が現れた。

勘兵衛もいらだって、もういい加減にしろと言いたいが、人、物、銭の集まるところには、盗賊、泥棒、かっぱらい、すりなどは、頼みもしないのに誰よりも先に寄り集まる。

生きるためにそういう輩《やから》も必死だなどと、悠長なことは言っていられない。

硯《すずり》、墨《すみ》、筆、紙など各地から取り寄せて、広く武家や町家などに商っている大和屋源助《やまとやげんすけ》が襲われ、主人から丁稚《でっち》小僧まで八人が皆殺しになった。

荒っぽい仕事で、帳簿から八百両ほど盗られたことが判明した。

いつものことで半左衛門の動きは速い。

与力、同心を配置につけて、賊を江戸から出さない策を取ったが、手掛かりのないことで探索は困難だ。そんな時、勘兵衛が心配していたことが起きた。

奪った小判が少なかったのか、翌日には搗《つ》き米《ごめ》屋の遠州屋《えんしゅうや》を襲って三百両、行きがけの駄賃なのか同じ夜にもう一軒、小間物問屋の亀屋松次郎《かめやまつじろう》を襲って五百両ほどを奪った。

凶悪、狂気としか言いようがない。

遠州屋で五人、亀屋で七人、前日の大和屋とで二十人が殺された。

手口は単純で押し込んで皆殺しにする。

ただ、こういう荒っぽい仕事をすると手掛かりを残すことが多い。

「半左衛門、亀屋には生き残りがいたそうだな？」

「はい、重傷にて聞き取りがはかどらなく、申し訳ございません」

「女だそうだな？」

「女中でまだ十六歳とか……」

「助かるといいな？」

「はい……」

「ところで、この凶悪犯が最後に仕事をした亀屋は、中山道《なかせんどう》に一番近い。行きがけの駄賃であれば盗賊は中山道を逃げたはずだ。逆の東海道や甲州街道に出たとは考えにくい」

「はッ、板橋《いたばし》宿には石田彦兵衛、赤松左京之助、松野喜平次、林倉之助の四人を配置しております」

「この一味は何が何んでも捕まえなければならぬ。このような狂気を野放しにはできない。これから何人殺すかわからない。浅草の正蔵と吉原の甚右衛門を呼べ！」

「はい！」

「宇三郎、藤九郎と孫四郎、甚四郎の三人を連れて中山道を追え、見つけしだい斬り捨てて構わない！」

「畏《かしこ》まりました！」

　北町奉行所最強の四人が中山道に出動する。

　これだけの凶悪な事件をやってのける盗賊一味は、最低でも五人は間違いなくいると思える。多ければ十人以上はいるだろう。

三ケ所も襲ったということは、一味の人数が多いと思えた。

四人は馬を飛ばすと板橋宿に向かった。

一味が江戸に残っていることも考えられるが、仕事を終わらせてさっさと江戸から逃げた可能性の方が高い。

その頃、奉行所に浅草の正蔵と定吉、直助とお駒の四人が首を揃《そろ》えて来ていた。

「三軒連続で襲った奴らの手掛かりを探してもらいたい。二十人も殺して逃げた」

「に、二十人……」

定吉が仰天した。そんな大勢をどうやったら殺せるのだという顔だ。

「中山道方面に逃げたと思える。心当たりはないか?」

「中山道……」

正蔵は心当たりがありそうな口ぶりだ。

「今のところ、まったく手掛かりがない。女が一人生き残ったのだが、傷が深手で話を聞けないでいる」

「お奉行さま、中山道には二、三心当たりがありますので、すぐ、行ってまいります。親父さん、助けてくれるか？」

「おう……」

直助が正蔵を助けることになった。定吉は浅草に戻って、配下から怪しい奴の噂《うわさ》がないか聞き取る。

「お駒は生き残った女を見てくれ……」

「承知いたしました」

四人が四半刻ほどで帰ると、吉原の甚右衛門が右腕の惣吉《そうきち》を連れてきた。

「聞いたか？」

「はい、立て続けに三軒だそうで……」

「二十人、やられた」

「凶悪な……」

「吉原で派手に遊んだ者はいるか？」

「惣吉……」

甚右衛門が促した。吉原の妓楼には、悪党は知らせることが義務づけられている。惣吉が紙片を出した。

「一見の客で派手に遊んだ者といいますと、五日前に橘屋《たちばなや》に上がった四十代の男、もう一人も橘屋で三十代の男でございやす」

「同じ日か？」

「へい、四十代の男が十三両、三十代の男が十六両でございやす」

「二人で二十九両か、どんな男だ？」

「詳しいことは相方の女に聞きませんと、すみやせんです……」

「半左衛門、誰か行かせて聞き取らせろ！」

「はッ！」

「惣吉、他にはいないか？」

勘兵衛に聞かれ、また紙片を見た。

「もう一人、菊屋《きくや》に入った三十代の男が八両使っております。あと一人は海老屋《えびや》に上がった男が六両を使いました。この日、五両以上使ったのはこの四人です」

「その四人の風体《ふうてい》を調べてくれ……」

「へい、承知いたしやした」

「その日を挟《はさ》んで前後にはそういう者はいないのだな？」

「へい……」

「甚右衛門、仕事を前に気を静めるため、派手に遊んだと思わないか？」

「考えられます。気づきましたのが遅れまして申し訳ございません」

「うむ、すぐにとはいくまい」

「恐れ入ります」

「今回の賊は許すわけにいかん、協力してくれ！」

「畏まりました。すべての妓楼に厳しく申し付けます」

「惣吉、もう少し調べてみろ。まだ何人かは行っているだろう」

「へい、隅々《すみずみ》まで調べやす！」

勘兵衛は、一味が仕事をする前に大盤振る舞いをしたものと思った。小判を使い果たしてから、凶悪な仕事に取りかかったということになる。

第十三章　忠吉《ちゆうきち》と梓《あずさ》

日本橋吉原の調べには、妻子のいる同心が選ばれた。

三人ともいい恋女房を持っている。

小栗七兵衛《おぐりしちべえ》はお染《そめ》、村上金之助はお文、大場雪之丞はお末だ。雪之丞は怪我《けが》から回復していた。

三人は甚右衛門と惣吉に案内されて吉原に入った。

七兵衛は橘屋、金之助は海老屋、雪之丞は菊屋に行って楼主《ろうしゆ》に会った。

「ご苦労さまにございます」

「早速だが呼んでもらおうか？」

「へい、お相手をしましたのは、浮舟《うきふね》と椿《つばき》にございます」

浮舟は橘屋の看板だ。椿はその下にいる。いずれ浮舟を継ぎたい。二人とも美しい遊女だ。

二人は七兵衛にそれぞれの客のことをすらすらと話した。賢《かしこ》い娘だ。

興味を引いたのは、浮舟が客の特徴をよく覚えていたことだ。

四十代の男の額《ひたい》に、横に五寸（約一五センチ）ほどの傷があったという。その傷は古く、よく見ないと皺《しわ》のようだという。椿が相手にした男には手掛かりはなかった。

金之助は海老屋の紅葉《もみじ》に会った。

紅葉は、金之助を誘うような女で話にならない。

雪之丞は菊屋の雲居《くもい》という女と会っていた。雲居とは妙な名だが、こういう苦《く》界《がい》の遊女は、華やかな『源氏物語《げんじものがたり》』が好きなのだ。

雲居とは頭 中 将《とうのちゆうじよう》の娘だ。

その雲居も、相手にした男のことはよく覚えていなかった。

調べはそれ以上進まないかにみえた。ところが惣吉が意外なところから足取りをつかんだ。その男は花月楼《かげつろう》に上がり、看板娘には見向きもせず、女は情のある使い古しがいいと言って、一番売れない梓《あずさ》という女を名指しにした。

男は梓に忠 吉《ちゆうきち》と名乗った。

梓は、顔は若作りでそこそこだったが、もう三十を越えようかという大年増《おおどしま》だった。ただ、労咳《ろうがい》なのか時々コホコホと乾いた咳《せき》をした。

この病特有の抜けるほど肌が白く、忠吉は憂《うれ》いのあるこういう女を好んだ。

「年季は？」

「年季なんかとっくに明けているのさ、こんなだから行くところがなくってね。あと二、三年もするとここで死ぬの……」

「そうか、それじゃおれが抱いてやるよ」

「いいの？」

「いいさ、おれもそう長くはないと思うから……」

「まあ、元気そうなのに……」

「人は元気だから長生きするとは限らねえ、それも脱いじゃいなよ」

「うん、痩せて恥ずかしいんだけど許して……」

「いいじゃないか、良く稼いだ体だ。思いっきり可愛《かわい》がってやるから……」

「ありがとう、久しぶりだから忘れちゃっているかも……」

梓がうれしそうにニッと微笑《ほほえ》んだ。生きることをあきらめた命にホッと灯《ひ》がともった。

刹那《せつな》の灯は限りなく美しい。

梓の短い生涯は、この一夜で報われたのかもしれない。それは相手が人殺しの盗賊であってもだ。

「忠吉さん、その紐《ひも》で首を絞《し》めて……」

「梓……」

「血を吐《は》くのが怖いの……」

どんなにねだられても忠吉は梓の首を絞めなかった。片手でも絞め殺せそうな細い首だ。

その梓を忠吉は夢中になって抱いた。

夜明け方、梓は、遂《つい》に死んだように赤い褥《しとね》に転がって動かなくなった。

「ここに六十五両ある。お前を連れて行きたいが、おれは地獄に行く。お前は天国に行け。美味《うま》いものを食べていい薬を買え、生きていれば来年またくる……」

「忠吉さん……」

「何《な》んだ？」

「待っているから早く来てね？」

「わかった。何んとか生き延びる。お前のために　な……」

忠吉は支度をすると、まだ暗いうちに花月楼を出た。

梓は早速いい薬を買おうとした。そこで同僚の女に聞かれ、客の忠吉から少し小判をもらったと話した。

お喋《しゃべ》りな女はすぐ楼主に話し、それが惣吉の耳に入った。

惣吉が雪之丞を連れてくると、梓は薬を買った残りの五十八両を、雪之丞の前に置いた。うな垂れて生気のない梓を見れば、誰でも病だとわかる。

店に出ていられるのは、まだ血を吐いていないからだ。

雪之丞はお奉行ならこんな時どうするだろうかと考えた。たとえ盗賊の小判でも病人から取り上げるようなことはしない。

「これはお前が稼いだお足だ。薬を買え……」

「お役人さま……」

「お奉行さまもきっとそう言うだろう。仕舞《しま》っておけ……」

「はい……」

「お前にとっては大切な男だろうが、何人も人を殺しているかもしれないのだ。何か目についたものはないか？」

梓は抱かれた時に忠吉の顎《あご》の下に黒子《ほくろ》があるのを見た。正面から見たのでは見つからない場所だ。

「何かないか？」

「ありません……」

「そうか、思い出したら惣吉に知らせてくれ……」

「はい……」

嘘《うそ》をついた梓は、これで忠吉と一緒に地獄に行けると思った。

奉行所に戻った雪之丞は、すべて勘兵衛に報告した。

「それでいい。おそらくその女は拷問にかけられても何も言うまい。男は忠吉か……」

人間はさまざまだと勘兵衛は思う。

平気で何人もの人を殺す男が、病で死にそうな女に憐憫《れんびん》の情《じょう》を残した。その男も生きた証《あか》しを残したかったのだろう。

「半左衛門、柘植久左衛門《つげきゅうざえもん》と結城八郎右衛門《ゆうきはちろうえもん》の二人に、宇三郎たちを追わせて、額の傷のことを知らせてやれ……」

「承知いたしました」

宇三郎たちは板橋宿から大宮宿に向かって馬を飛ばしていた。その後を追って正蔵と直助が中山道上にいる。その後ろに柘植と結城がいた。

宇三郎たち四人は各宿場を丁寧《ていねい》に回って聞き込みをしている。怪しい旅人を探していた。特に男の二人組、三人組を探している。小判を持っている盗賊は、一人一人で逃げることはない。

小判を持っている奴《やつ》に逃げられてはたまらないからだ。

小判を山分けにしない限り、バラバラにはならない。そこが狙い目だ。一味が五人も十人も一緒では目立ち過ぎる。

正蔵と直助は下諏訪《しもすわ》宿を目指していた。

北町奉行所が四方八方に目配りをしている暮れになって、突然に南町奉行土屋権右衛門が亡くなった。

幕府の動きは速かった。江戸の治安を第一に考えている。

十二月中に南町奉行二代目旗本五千石、島田弾正忠利正《しまだだんじようのちゆうとしまさ》が急遽就任《きゆうきよしゆうにん》した。

武蔵入間《いるま》、比企《ひき》などに知行《ちぎよう》している三河以来の譜代の家臣だった。屋敷は八丁堀にあって傍《そば》の楓川《もみじがわ》に架かる橋を弾正橋《だんじようばし》と呼んでいた。

正蔵と直助が下諏訪宿の旅籠千曲屋《はたごちくまや》に入ったのは、江戸でそんな騒ぎが起きている時だった。

「友蔵《ともぞう》さんに江戸の正蔵が来たと伝えてもらいたいのだが？」

「友蔵さん？」

部屋に案内してきた女が怪しむ目で二人を見る。

「怪しい者じゃありません。江戸の蕎麦餅《そばもち》屋と言えばすぐわかります」

「蕎麦餅？」

「そう、すぐわかりますから……」

「へい、承知しました」

女が安心した顔で部屋から出て行った。この旅籠は千曲の友蔵の宿だった。

「御免《ごめん》なさい……」

すぐ友蔵が現れた。

「友蔵さん、どうぞ……」

「失礼します。おう、親父《おやじ》さんもご一緒で、懐かしいお顔でうれしゅうございます……」

「お頭はお元気か？」

「病でして、隠居所の方で寝ております……」

「そうか、お歳《とし》だからな……」

「へい……」

　友蔵とは若い頃、一緒に仕事をしたことがある。お頭というのは友蔵の父親だ。

「早速なんだが、実は、先日、江戸で荒っぽい仕事をした者がいる。二日で三カ所、二十人を殺した」

「二十人……」

「女子どもまで皆殺しでした……」

「その賊を探しに？」

「北町奉行米津勘兵衛さまの御用で……」

「二代目鮎吉とは聞いていましたが、そういうことですか？」

「二十人も殺されては見逃せない。二代目の面目《めんぼく》もある。心当たりを教えてもらいたい……」

「お頭に会いますか？」

「是非にも……」

「この裏に隠居所がありますので、そちらで……」

「わかりました」

お頭は友蔵の父親で磯七《いそしち》という。

三人が隠居所に行くと、磯七は友蔵の女房に支えられ起きていた。

「おう、正蔵、よく来たな……」

「お頭、ご無沙汰《ぶさた》をしております」

「それはお互いさまだ。何の用だ?」

「お頭、数日前、二日で三カ所、二十人を殺した者がおりまして……」

「ほう、それはな正蔵、安中《あんなか》の義助《ぎすけ》だ。そういうことをするのは義助しかいない」

「安中の……」

「義助の住まいは板鼻宿《いたはなじゆく》の碓氷川《うすいがわ》の傍だ。額に傷がある、人を殺したがる困った男よ。若い時からだ。何度も叱《しか》ったんだがな……」

磯七が義助のことを詳しく話した。

「板鼻にいない時は、安中の九十九川《つくもがわ》の傍に妾《めかけ》の家がある。そこを探してみろ……」

「お頭、安中じゃずいぶん戻らなきゃならない、決着がついたらまたまいります」

「正蔵、義助の妾には気をつけろ、あの女、鉄砲を持っている女猟師だ。あの辺りは熊の多いところでな、いい熊の胆《い》が取れる」

「気をつけます。お頭、すぐ戻ります。友蔵さん、それじゃ急ぐんで……」

正蔵と直助は、中山道を下諏訪宿から板鼻宿まで戻る。板鼻宿は塩尻《しおじり》宿と並んで中山道では最も大きな宿場だ。

それは碓氷川が増水して川止めが多いからだ。

碓氷峠から流れる碓氷川は、山に雨が降ると、あっという間に水かさが増える危険な川だった。そのため、客がたまる板鼻宿は自然に大きくなった。

江戸から板鼻宿までは二十八里二十四町（約一一四・六キロ）と、旅も三、四日目に入り最初の疲れが出る頃でもある。

安中藩は徳川四天王の井伊《いい》直政《なおまさ》の領地だった。

その直政は慶長七年（一六〇二）に亡くなり直継《なおつぐ》が後継だが、直継は病弱だったため、異母弟の直孝《なおたか》が彦根藩《ひこねはん》主となり、井伊宗家を率いることになる。

直継は安中藩三万石となった。

正蔵と直助は中山道を戻ったが、問題は宇三郎たち四人がどこにいるかだ。板鼻、安中宿の手前にいるのか、それとも行き過ぎているかだ。

上州七宿のどこかにいるはずだと見当をつけた。

「親父さん、どっちが先かね？」

「板鼻が先で安中というのが順当だろうが、望月さまたちとどこで出会うか、望月さまがどう判断されるかだろうけど……」

「ここまで追い詰めたら取り逃がしたくない」

「銭を山分けしたら散るだろうな……」

二人は宇三郎たちと出会うのは板鼻宿の手前がいいと思った。板鼻、安中と義助たちも動くだろうから追いやすい。

ところが宇三郎たちは柘植と結城の後発組と合流して、板鼻宿、安中宿を過ぎ松井田《まついだ》宿まで来てしまっていた。

松井田宿で正蔵と直助が六人を発見して合流した。

すぐ話し合いになった。

「安中の義助……」

「配下は十人以上いると思われます」

「その義助の妾が持っているという鉄砲だが、踏み込んで最初に潰さないと厄介だな……」

「そいつはそれがしが斬る!」

藤九郎が名乗り出た。

「それなら安中の方から踏み込もう。逆だが……」

「一応、何人ぐらい集まっているか知りたいな?」

「出入りするのを見れば粗方《あらかた》何人ぐらいかわかるのではないか?」

「よし、そうしよう」

「安中に引き返して場所を確認してからだ」

「暗くなる前に踏み込もう。正蔵と親父さんは板鼻宿に戻ってくれ!」

宇三郎たち六騎は正蔵と直助を残して、安中宿まで二里(約八キロ)ほどを半刻(約一時間)もかからずに馬を飛ばした。

義助の妾の家はすぐ見つかった。大きな柿の木があってまだ実がなり、周囲の雪景色に柿の木が目立っている。

一町(約一〇九メートル)ほど離れたところからその家を見ていると、人影の動くのが見えた。誰か人がいることは間違いない。

「一気に攻め込もう。ここなら逃げられる心配はない!」

「よし!」

六騎が九十九川の傍の柿の木の家に駆けて行った。庭で馬から飛び降りると、藤九郎が百姓家に飛び込んだ。

驚いて炉端から立ち上がった女を、剣を抜くと同時に袈裟《けさ》に斬り上げた。男たち十人ほどが一斉に匕首《あいくち》を抜いた。浪人は一人もいない。

「その額の傷は義助だな！」

「うるせえッ！」

男たちがバラバラッと外に飛び出した。家の中と外で戦いが始まった。

「歯向かうと斬るッ！」

「やっちまえッ！」

「叩《たた》き斬れッ！」

剣と匕首では勝負にならない。盗賊たちは次々と斬られた。

「義助、うぬだけは死に場所はここじゃねえッ！」

青田孫四郎が義助の胴を峰で抜き斬って泥田に転がした。それを柘植久左衛門がギリギリと縛り上げた。

「浪人が一人もいないのはおかしい。板鼻の隠れ家だ！」

「よし！」

義助の身柄は柘植と結城が引き受けて、四騎が板鼻宿に向かった。

一里ほどを駆け抜けて、板鼻宿から五町（約五四五メートル）ほど離れた百姓家の隠れ家を発見、ここも藤九郎が飛び込んで、抜き打ちざまに浪人一人の胴を横一文字に抜き斬った。

浪人は六人いたが一人が炉端に倒れると、いきなり剣を抜いて壮絶な戦いになった。二人が外に飛び出すと倉田甚四郎が追った。

この時、宇三郎が相手にした浪人が強かった。

狭《せま》い百姓家の中でも鋭い剣を使った。

屋内の狭い場所での戦いは難しい。周囲の物に気を配らないと柱を斬ったり、長押《なげし》を斬ったり、戦いに負ける原因になる。

その浪人は突きを中心に宇三郎を押してきた。宇三郎は厄介な敵だと思い、外に飛び出して屋外での戦いに誘った。

外では甚四郎が二人を相手に手古摺《てこず》っていた。二人に前後から挟まれ、不利だと見て杉の木の下まで下がって大木を背にした。

後ろは杉の木が守ってくれる。

宇三郎と浪人の戦いは厳しい。宇三郎の剣が浪人の頬《ほお》を掠《かす》って傷つけただけだ。油断すればやられる。浪人でも時にはこういう強いのがいる。

百姓家の中で二人目を倒した藤九郎が飛び出してきて甚四郎を助ける。家の中では孫四郎が狭さと戦っていた。

家中を逃げる浪人を追いつめ、浪人と孫四郎は戸板を破って百姓家の裏に飛び出した。

広いところに出れば孫四郎の剣は生き生きとしてくる。

凄《すさ》まじい斬撃《ざんげき》で、浪人の正中《せいちゆう》をから竹割《たけわり》に斬り下げた。悲鳴も上げずに軒下に残っていた雪に顔から突っ込んでいった。

最後まで手古摺ったのが宇三郎だったが、相手の剣を跳ね上げて、首筋から右胸に袈裟に斬って決着をつけた。宇三郎は肩で息をしている。二人には逃げられた。

「稽古が足りない。未熟者だ……」

自分に言い聞かせるようにつぶやいた。その時、正蔵と直助が駆けつけた。

この時、忠吉は安中にも板鼻にもいなかった。分け前の百両を持って、忠吉は江戸に向かっていた。

人を殺して奪った汚い百両だが、梓が使えばきれいな百両になると思っている。自分に不要な百両だ。忠吉は急いでいた。

もうすぐ年が明ける。

暮れもギリギリになって、日本橋吉原花月楼に忠吉が現れた。

「梓太夫はいますかい？」

「お大尽さま、どうぞ、どうぞ……」

遣手《やりて》の婆《ばあ》さんが忠吉を梓の部屋に案内した。売れない梓は物置のような小さな部屋なのだ。

「梓……」

「忠吉さん……」

梓はもう忠吉の正体を知っている。だが、何も言わずに受け入れた。二人は抱き合うと褥に転がった。

その頃、花月楼の若い衆が西田屋の惣吉のところに走っていた。

「来た。あの野郎が来やがった！」

「梓の忠吉か？」

「うん、さっき入ったばかりで！」

「お奉行所に届けないとな。お前は戻っていろ！」

「へい！」

「花月楼だな？」

吉原惣名主の甚右衛門は奉行所に届けなければならない。

「行ってまいりやす……」

「うむ……」

惣吉が北町奉行所に走った。雪が降り出しそうな寒い空で暗くなり始めていた。

奉行所には宇三郎たちがまだ戻っていなかった。

惣吉は砂利敷きで半左衛門と面会、ことの成り行きを報告した。

「花月楼に上がったのだな？」

「へえ、半刻ほど前でございやす」

「届け出、神妙である。出役があるまで見張っておくように！」

「へい！」

惣吉が戻ると、半左衛門が勘兵衛に報告した。

「やはり来たか？」

「すぐ捕らえます！」

「いや、半左衛門、放っておけ……」

「お奉行！」

「明日の朝まで二人だけにしておけ、梓は逃げない……」

「忠吉が逃げます」

「いや、梓が逃げなければ忠吉も逃げない。そのつもりで戻ってきたのだ。捕えるのは明日の朝でいい……」

「はッ、承知いたしました」

「梓を調べたのは雪之丞だったな？」

「はい、そうです」

「雪之丞はいるか？」

「はい、見廻《みまわ》りから帰っております」

「雪之丞を西田屋に詰めさせろ、二人に手出しをせず見張るだけでいい、逃げるようなら捕らえろ……」

「わかりました」

奉行所から大場雪之丞が西田屋に派遣された。

忠吉は人殺しだが、根はやさしい男だと勘兵衛は思う。花月楼に忘れ物を探しに来たのだろう。

それは梓と逃げることとなのか、それとも一緒に死ぬことなのかそれはわからない。いずれにしても不幸な二人の運命が決着する。

勘兵衛はそう思った。

そのままにしておくのがいい。

その頃、忠吉は梓に汚い百両を見せた。

「これを使ってくれ……」

「ありがとう……」

傍の小さな箪笥《たんす》から残りの五十両を出した。

「まだこんなにあるの……」

梓がニッと小さく笑った。忠吉の首にすがって「抱いて……」と梓がつぶやいた。

「うん、何度でも抱いてやる」

忠吉が抱きしめると梓の口を吸った。貪《むさぼ》るように二人は夢中になる。

「このまま首を絞めて……」

「梓！」

「お願い、首を絞めて……」

忠吉が両手で細い首を握る。

「できないよ……」

忠吉が泣きそうになる。

「今が、幸せなの、このまま殺して……」

「匕首で……」

「駄目、血が出るでしょ、首を絞めて……」

忠吉が梓の首を握ると目を閉じた。簡単に人の首など絞められない。

「忠吉さん……」

梓が細い腕を伸ばして忠吉を抱こうとする。

「お願い……」

「おれもすぐ行くから！」

忠吉は泣きながら梓の細い首を一気に絞めた。苦労するためだけに生まれてきた女の細い首だ。梓の足が二、三度バタついたがガクッと力が抜けた。首の骨の折れる音がした。

「梓、御免……」

忠吉は匕首を抜くと鞘《さや》を捨てた。

「梓……」

切っ先を胸に当てると匕首を一気に心の臓に突き刺して梓の上に倒れ込んだ。

その時、遠くで除夜の鐘が鳴った。

第十四章　戦い前夜

将軍秀忠に暇乞《いとまご》いの挨拶《あいさつ》をして、出羽山形城《でわやまがたじょう》に帰還した最上左近衛少将義光《もがみさこんえしょうしょうよしあき》が慶長十九年（一六一四）一月十八日に死去した。

翌一月十九日に京で事件が起きた。

この日、大久保忠隣は、京の藤堂高虎の屋敷で将棋《しょうぎ》を指していた。

そこに前触れもなく大御所家康の使者が現れた。

その使者は京の所司代板倉勝重《いたくらかつしげ》だった。使者の名を聞いて、忠隣は何事なのかすべてを悟った。

「流人《るにん》の身になれば将棋も楽しめまい。この一局が終わるまで暫時《ざんじ》お待ち願いたい」

勝重にそう伝えさせると、勝重は快《こころよ》く了承した。

なぜ、こんなことが起きたのか誰もが知っている。徳川家一の忠臣が改易、流罪になるなど考えられないことだ。

本多正信との確執はわかるが、謀反の噂《うわさ》を家康が鵜呑《うの》みにするなど考えられない。七十歳を過ぎた家康も、秀吉のように脳が少し緩《ゆる》くなってきていた。

京に忠隣の改易が伝わると騒ぎになった。

洛中洛外に噂が広がり、大久保軍と所司代軍の戦いになるのではと、私財を持って逃げ出そうという騒ぎに発展した。

この事件は暮れの十二月に、家康が駿府城下から江戸城に来たことに始まる。

江戸での用向きを済ませた帰り、家康が相模平塚《さがみひらつか》の中原《なかはら》に来た時、家康の駕籠《かご》の前に老人がよろよろと飛び出して駕籠訴を行った。

「馬場八左衛門《ばばはちざえもん》でござるッ、大御所さまに訴えのことありッ！」

この馬場八左衛門は問題の多い人物で、慶長九年（一六〇四）一月に家康が改易にして、相模小田原城主の大久保忠隣に預けた男だった。

大久保長安を不正蓄財と讒訴《ざんそ》したのは、この男と言われている。

既にこの時、八十歳を超えている高齢で、何が目的でこのようなことをするのかわからない老人だった。

大久保家憎しの妄執《もうしゅう》に凝り固まっているのか、改易された家康への恨みがこのような形で出ているのかわからない。本多正信との関係も疑われる怪しい男だった。

家康は平塚の路上でこの男の訴状を受け取った。その訴状には大久保忠隣が謀反を企てていると書かれていた。訴えたからと言って馬場八左衛門にはなんの沙汰もない。

結局、この男はいつ死んだかも残らなかった。

江戸から将軍秀忠の使いとして土井利勝が来て、家康と会っている。家康の行列は平塚で止まってしまった。

そこに次の日七日に、再び将軍秀忠の使いの板倉重宗《しげむね》が来て、家康と面会した。するとあり得ないことが起きた。

大御所家康の行列が、江戸に引き返し始めたのだ。

その理由が上総東金《とうがね》に鷹狩りに行くという。確かに東金には八鶴池《はつかくいけ》という良い狩場があった。この年、土井利勝が東金御殿を建てる。

突然、十三日に家康が江戸城に戻ってきた。

この頃、岡本大八事件で、家臣が家康の朱印を偽造するという事件を起こしたのに、主人の本多正信と正純親子が責任も取らずにうやむやになるなど、その威勢は衰えボロボロになりつつあった。

大久保長安事件も、おかしな事件だと誰もが思っている。

逆に本多正信に暗殺されたと噂のある、忠隣の嫡男忠常の死への同情も集まって、江戸城には忠隣と親しくする者が非常に多くなっていた。

人の気持ちとは厄介なもので、将軍秀忠がそんな江戸城の様子を見て、自分を家康の後継者に押し上げてくれた恩人を、疎《うと》ましく思うようになっていた。

死んだ忠常への将軍の嫉妬《しっと》だったのかもしれない。

秀忠は何んでもそつなくこなすが、度量の大きな人物ではなかった。泰平の御《み》代《よ》にはそのような将軍がいいと言ったのは忠隣だったのだ。

出る杭《くい》は打たれるというが、忠隣は忠常を失って、出る杭になろうとすら思っていなかった。そこがまた、周囲の人たちに安心感と信頼感を抱かせたのかもしれない。

十二月十九日に忠隣は幕府から、キリシタン追放のため京に赴《おもむ》くよう命じられた。この時、忠隣は、家康と将軍には二度と会えないと覚悟した。

大名が処罰を受ける時は、仕事を言いつけられ城から出されるからだ。籠城《ろうじょう》されて抵抗されると困るから、まず城から出される。

忠隣は京に向かって、伴天連寺《ばてれんでら》の破却や信徒の改宗の仕事をした。

江戸を去る忠隣を、勘兵衛は密《ひそ》かに六郷橋で見送った。

老中と町奉行として並々ならぬ世話になった。何もない江戸の町奉行として厄介なこともお願いした。

忠隣の駕籠が六郷橋の上で止まった。

駕籠の引き戸が開いた。

「勘兵衛、大儀である。別れに来てくれたか？」

「ご老中……」

「さらばだ。江戸を頼むぞ……」

老中大久保忠隣は、微《かす》かに微笑んで西に向かった。

藤堂高虎邸での将棋が終わると忠隣は、家康の上使である板倉勝重と会い、下座に平伏した。

勝重が家康の命令を読み上げた。

大久保忠隣は流罪、近江彦根藩主井伊直孝にお預け、近江栗太中村郷《くりたなかむらごう》に五千石の知行となった。

さすがの家康も、この忠臣に切腹はさせられなかった。

家康の死後、井伊直孝は忠隣の扱いが不当だと、将軍秀忠に訴えようとするが「そのようなことをすれば、大御所さまに対し不忠者となります」と忠隣は復活を断った。

「天網恢恢疎《てんもうかいかいそ》にして漏《も》らさず」とはよく言ったもので、この後、本多正純は宇都《うつの》宮《みや》城《じよう》吊り天井事件を起こし、将軍暗殺の疑いでお家断絶、本多家は復活することはなかった。

一方の大久保家は忠隣の嫡孫大久保忠職《ただもと》が家督を相続、忠職の従弟忠朝《いとこただとも》を養子にして小田原藩主に復活する。

年が明けて、北町奉行所では、安中の義助の取り調べが苛烈を極めていた。

「あ奴には容赦するな！」

勘兵衛は秋本彦三郎に命じて拷問も許可した。

忠吉と梓の愛は悲惨なことになったが、互いの魂が呼び合って巡り合った二人だというしかない。

義助は石抱きに堪えられずに白状を始めた。義助は若い頃は磯七の配下だった。だが、短気で一年も二年もじっくりしかける仕事が苦手だった。

その頭もなかった。

押し込んで皆殺しにして小判を奪うという、乱暴で凶悪な手口をおぼえると、人を殺して血に酔った。その手にかかって命を落としたのは百人を超えていた。

「もう吐くものがありません……」

秋本彦三郎に懇願する。

当然、義助は極刑で死罪と決まった。

この頃、大御所家康は、大阪城を潰す具体的な作戦を考え始めていた。

もう自分の体力に自信がなくなってきている。待てないところまで気持ちは追い詰められていた。

家康は惣構《そうがま》えの巨大な大阪城を落とすには、鉄砲では無理で、一貫目、二貫目の砲弾を飛ばす大砲《たいほう》しかないと思っていた。だが、その大砲は国内では作られていなかった。

やがて国内でも作らせるが、外国からも買うしかなかった。

家康はカトリックのスペインやポルトガルとの交易は、交易とキリスト教の布教が一緒で、その裏には植民地政策があると見破っている。

秀吉も同じ考えだった。

そこで家康は、カトリックではないプロテスタントの、イギリスやオランダとの交易に切り替えていた。

イギリスやオランダは交易と布教を絡めない。

キリシタン追放を進めている家康は、イギリスやオランダがお気に入りだ。

大砲もそのイギリスやオランダに注文しようと考えていた。その大砲は作り方において大きく違う。

西欧の大砲は鋳造《ちゅうぞう》で、鉄や銅を熔《と》かして型に流し込んで作るが、日本の大砲は刀鍛冶が作るので鍛造《たんぞう》である。鉄を加熱し金鎚《かなづち》で叩いて作る。

どのくらいの大きさの大砲でどれだけ飛ぶのか、破壊力などはわかっていなかった。

ただ、鉄砲は四匁弾《もんめ》が飛んでいくが、大砲は一から三貫目弾が飛んでいくから、城も壊せるという考えだ。

家康は堺の鉄砲鍛冶三代目芝辻理右衛門《しばつじりえもん》に、一貫目の弾丸を飛ばす大砲を発注、近江国友《くにとも》村の鉄砲鍛冶に、三貫目の弾丸を飛ばす大砲、抱えて撃つ大筒《おおづつ》などを発注した。

イギリスにはカルバリン砲とセーカー砲、オランダには半カノン砲を発注した。

これらの費用には大久保長安の百万両が使われた。

家康は、この世から豊臣家を消す以外、江戸幕府が生き延びる道はないと信じている。

天下は徳川家のものであり、それを支える領地も軍事力も大阪城を圧倒しているが、家康は自分が有利だとは考えていない。

江戸幕府に何か異変がおこれば、豊臣恩顧《おんこ》の大名が秀吉という亡霊に誘われて、大阪城に雪崩《なだれ》を打って味方しかねない。

関ケ原の戦いではうまいこと謀略が成功して、小早川秀秋《こばやかわひであき》や吉川広家《きつかわひろいえ》など多くの武将が家康に寝返った。その逆が起きないという保証はないのだ。

家康は西国大名たちが自分を信頼していないことを知っている。

それらの武将を、巨大な軍事力と改易という脅しで、強烈に抑え込んでいるだけなのだから当然だ。

その武将たちの中には、天下の正当な継承者は秀頼だと思っている者は少なくない。家康は狡猾《こうかつ》にも横取りしただけだという理屈だ。

それを言うなら秀吉だって、織田家から奪い取ったではないかということになる。

家康は自分が生きているうちに決着をつけたい。

あの二条城で見た巨漢の堂々たる秀頼が生きていては、死ぬに死にきれない。何んとしてでも自分の手で秀頼を葬る。

秀忠ではとても無理な仕事だと思う。

秀吉が難攻不落と豪語して建てた大阪城を、短期間で落とせるのは自分しかいない。一年、二年と長引いたら裏切りが出て、幕府の大軍は大軍ゆえにたちまち崩壊する。

その恐怖を家康は知っていた。

小牧、長久手の戦いで、秀吉は十万の大軍、家康は三万で立ち向かい戦いが長引いた。その戦いの中で、戦上手《いくさ》の秀吉は何度か作戦を失敗した。結局、秀吉は軍を引き、政略で家康を屈服させた。

大阪城攻撃は、失敗すればもっと悲惨なことになる。

必ず秀頼を殺す。

駿府城には本多正信、天海、金地院崇伝などの参謀たちが、大阪城に戦いを仕掛ける切っ掛けを考えていたが、大阪城も家康を警戒していて隙《すき》がない。

江戸は相変わらず人があふれ、大量の物が流入して毎日が祭りのような騒ぎだ。

その江戸の治安や行政、訴訟などを任されている北町奉行米津勘兵衛と、南町奉行島田弾正忠は猛烈に忙しかった。

南北の与力五十人、同心二百人でこの騒然とした城下を仕切るのは容易ではない。

それも南北は月番制だから表に見えているのは、与力二十五人、同心百人だけで、そのうちの多くは行政や訴訟に手を取られた。江戸の治安に回せる人数は、日に日に少なくなってきていた。

こうなると悪党は斬り捨てるしかなくなる。人手不足は江戸だけでなく、上方でも同じだった。与力も同心も、徳川家の譜代の足軽大将が与力で、足軽が同心になったのだから元々数が少なかった。

徳川家譜代となると、足軽大将と足軽で数千人しかいない。

三河の徳川家は、家康が今川家《いまがわけ》の人質だったことでわかるように、そんなに大きな家ではなかった。家康の家は十八松平《じゅうはちまつだいら》の一つ、安祥《あんじょう》松平という家にすぎない。

家康の祖父も父も若くして亡くなり、安祥松平家は岡崎城《おかざきじょう》を持っていたが、家康によってようやく大きくなった家なのである。

徳川家譜代ならまだ数千人だが、安祥譜代となると数百人もいない。安祥松平家の代々の家臣は多くないのだ。

だが、安祥譜代は徳川家の中核をなす大切な家臣だった。

幕府には寺社奉行、勘定《かんじょう》奉行、南北町奉行の三奉行を頂点に、槍《やり》奉行、旗奉行、腰物奉行など多くの奉行がいて、与力や同心がそれぞれの奉行に配置されている。

伊賀《いが》や甲賀《こうか》の忍びも足軽と同じで、伊賀同心、甲賀同心と呼ばれている。八王子千人同心も同じである。

それら多くの奉行を支える与力、同心は少なかった。町奉行所だけ人員を増やすということはできない。

そこで町奉行が考えたのが、岡《おか》っ引《ぴ》きだった。

幾松や三五郎のように捕り物が好きで、奉行所に協力的な男を、江戸では御用《ごよう》聞《き》き、関八州《かんはっしゅう》では目明《めあ》かし、上方では手先《てさき》などと呼んで使うことを認めるようになる。

町奉行所では訴訟などが増えて、治安の見廻りに回せる同心が、十数人などとひどいことになりつつあった。

訴訟はどうしても手間暇《ひま》のかかることが多いのだ。訴えというものは最初から厄介がつきものの場合が多い。

やがて、どうしても岡っ引きを使うしかなくなる。

この岡っ引きの扶持《ふち》は、雇い主の与力や同心が出すことになるが、与力は扶持が多いからいいが、同心は三十俵二人扶持で苦しかった。

従って、商家からの見舞金に頼るしかない。袖の下である。

この岡っ引きは公式な役人の手伝いであり、その身分の目印が欲しいのだが、刀を持たせることはできなかった。そこで考えられたのが木や鉄で作られた十手《じって》だった。

中には刀のように鞘に入っていて鍔《つば》がついている十手もあった。一尺（約三〇センチ）ほどの長さで岡っ引きの身分証明として持たせた。

武器ではない。

とても太刀や匕首と戦えるようなものではなかった。

短すぎて武器にはならず「おれはお上の御用聞きだぞ！」という権威の目印として、仰々しい房などをつけて腰に差した。

戦うのはあくまでも役人の同心である。

この岡っ引きが、多い時で江戸には五百人もいて御用を聞いていた。それでも足りずに岡っ引きが数人の手下を使っていた。それを下《した》っ引《ぴ》きという。

この下っ引きが三千人もいたのだから、同心はまったく少なかった。同心一人に五、六人の岡っ引きが使われ、その下に五、六十人の下っ引きが使われた。

やがて岡っ引きにも気の利いた男が出て、町内のもめ事を引き受けて解決したり、一々奉行所の訴訟にしないで済むように世話をする。

そういう気の利いた岡っ引きは、町では親分などと呼ばれた。

北町奉行の米津勘兵衛は、治安を維持するための同心が足りなくなってきていると感じていた。

訴訟の仕事では北町と南町の与力や同心が、月に一度、月番の奉行所に集まって申し送りの打ち合わせを行っている。

北町と南町は仲が悪いように思われているが、まったく逆で、人事の交流はないが顔見知りで、役宅も同じ八丁堀にあることから非常に仲が良かった。

勘兵衛は同心不足を補う方策を考え始めていた。

幕府の組織が不充分で、寺社奉行や勘定奉行は仕事が決まっているが、町奉行は行政、司法、治安というのは簡単だが、全部を一人でやるのは南町があっても至難なのだ。

「半左衛門、見廻りの手は足りているか？」

「はい、一人にだけ負担にならぬよう、やり繰《く》りをしております」

「治安の乱れが怖い。江戸には雑多な人間が集まっているから、落ち着きのない城下になっている……」

「近頃は、上方とのことも噂になっておるようです」

「大阪城との戦いか？」

「はい、近々、始まるのではないかと……」

「難しいところだな。駿府城の大御所さましだいだが、大阪城には千姫《せんひめ》さまがおられる。いきなり戦いにはなるまい」

「万一はありましょうか？」

「ある。大阪城に秀頼さまがおられる間は、いつでも衝突する危険はある。ただ、どんなことがあろうとも、江戸を守るのが奉行の仕事だ」

「はい、心得ております」

「戦場に呼ばれることはないだろうが、そのようなことになれば江戸が不穏になる。場合によっては、江戸城が攻められることもないとは言えない。幕臣として覚悟する時だな」

「はい！」

「そうはなるまい……」

勘兵衛と半左衛門の話は時々こういう話になる。

二人は幕府と大阪城は楽観視できない緊張状態にあるとわかっていた。旗本八万騎に出陣の命令が出ることも充分に考えられる。

戦いになれば江戸を死守することは容易ではない。

防御態勢はまだまだ不充分だ。

東西南北、海からも攻められれば、江戸城は大きすぎて寡兵では守りきれない。少なくとも五万とか十万の大軍は必要だ。

旗本八万騎はそのための大軍でもある。

できたばかりの江戸城は決して安泰ではない。ただ、西からくる軍勢にはまず名古屋城《なごやじょう》で防戦、名古屋城が落ちれば駿府城で防戦する。最後が江戸城で、大きく三段に守りを固めている。

彦根城も名古屋城の前線になる。

東海道筋には幕府の譜代大名が城を並べて江戸を守っていた。

この守りを突破してくることは、不可能ではないが、難儀な戦いになるはずだと勘兵衛は思う。

簡単に実現できる話ではない。

第十五章　時蔵《ときぞう》の正体

五月二十日に、先の加賀《かが》藩主前田利長が高岡城《たかおかじょう》で死去した。

利長には男子が生まれなかったので、三十一歳も年下の弟利常《としつね》を養子にして家督を譲った。

加賀前田家は百二十万石の大藩で、百万石の大名は前田家だけである。その前田家は、信長の家臣前田利家が立てた家である。

利家の妻まつこと芳春院《ほうしゆんいん》は、この時まだ、幕府の人質で江戸にいた。

利長の弟利常は、将軍秀忠の娘珠姫《たまひめ》を正室に迎えていたが、芳春院は人質のままだった。幕府は、加賀前田家が大阪城に近づくのを極端に嫌っていた。

利長が亡くなったことで、幕府は芳春院が加賀金沢《かなざわ》に帰ることを許した。

二十二歳の加賀藩主前田利常では、幕府に反抗することはないと安心したからだった。

前田利家の正室を十四年間も人質にしていたのだから、家康が加賀百二十万石をいかに恐れていたかがわかる。

これで、大阪城の秀頼と茶々を支えられる武将がすべて亡くなった。

唯一残っているのは安芸広島藩主《あきひろしまはんしゅ》の福島正則だが、二年前に病ということで隠居して政務からは退いていた。五十四歳の高齢でもあった。

この前田利長の死が切っ掛けのように、大御所家康と大阪城の関係が動き出した。

大阪城は孤立無援になったが、この難局を乗り切れるような優れた人材が大阪城にはいなかった。

期待されたのは、高野山へ流罪になった真田昌幸だったが、既に亡くなっている。

信長の弟織田信包《のぶかね》や織田長益《ながます》などが大阪城にはいたが、大軍を率いて戦えるような大将ではなかった。

大阪城の大将は秀頼でもなく、その秀頼の母の茶々だったのだ。

この気性の激しい茶々という女を、秀吉以外で従わせることは誰にもできない。家康でさえ無理だったのだ。

ここに大阪城の悲劇があった。

江戸にも前田利長の死が伝わると、ざわざわとあちこちに動きが出始めた。

落ち着かなくなったのが旗本で、武具や武器の修繕から、足りないものは新調しなければならない。

そんな動きが静かに始まっていた。

関ケ原の戦いが終わって十四年、戦場を駆けた馬は死に、何もかもが古くなっていた。

士道不覚悟な者は、槍を磨かず錆《さび》をつけてしまっている。

いざという時に錆槍では話にならない。

武家としては恥ずかしいことだ。

「お奉行、武具の修理など増えてきたと見廻りの者が感じているようですが？」

「うむ、前田さまが亡くなられたと噂があるからな……」

「加賀の先代さま？」

「先月の二十日だそうだ。城中でも噂だ」

「それではやはり、大阪と？」

「半左衛門、今すぐ何かが起こるわけではない」

「はい……」

勘兵衛は、江戸と大阪の戦いなどと騒ぎになることを心配した。旗本八万騎が騒ぎ出したら始末におえなくなる。

「そういう噂を消すように！」

「はッ！」

「もし、そうなるとしても騒ぎは困る。浪人が騒ぐこともあり得る。目を光らせておけ！」

予断を許さない状況にあると勘兵衛は感じた。

武家は戦となると血が逆流する。

それが大軍になると激流になって敵にぶつかって行く。戦場では激流と激流が衝突して血飛沫《ちしぶき》が飛散する。

その血の飛沫が兵や武将を酔わせる。

武家はそれを感じて動き出す。江戸に出てきた浪人が上方に向かい始める。戦場に引き寄せられるのだ。

「江戸から出て行く浪人も増えるはずだ。行きがけに事件を起こさないとも限らぬ……」

「はッ、見廻りを厳重にいたします」

半左衛門が部屋から出て行くと宇三郎が入ってきた。

「どうだった？」

「はッ……」

「やはり、志乃にできたのか？」

「はい……」

「そうか、二人目だな。大切にいたせ……」

「はい……」

宇三郎の妻お志乃が、二人目の子を懐妊した。さらに、勘兵衛がうれしかったのは、音沙汰《おとさた》のない藤九郎の妻お登勢が懐妊したことだ。

お登勢はお滝のように、ちょっとしたことで大騒ぎをする女ではなく、剣豪の妻らしく静かに落ち着いた女だった。

お志乃の子もお滝の子も、印旛沼《いんばぬま》の領地の酒々井《しすい》の実家で育てられている。

奉行所は忙しく、いつも騒然としていて子育てには向かないところだ。奉行所で何か事故があっても困る。

町奉行所というところは米津勘兵衛を中心に、内与力、与力、同心、厩衆《うまやしゅう》、台所衆、牢番《ろうばん》、小者、捕り方など二百人を超える人たちが働いている。

夜でもどこかに灯《とも》が灯っていて誰かが起きている。

そんな時、日本橋吉原の道三河岸に、秋葉屋の白雪《しらゆき》と若い武家の死体が上がった。

江戸では辻斬りや喧嘩《けんか》で殴り殺すなど、荒っぽいことが絶えず、そんな死体は珍しくなかった。

「ほう、またかい……」

興味も持たれず過ぎ去る話だ。だが、遊女と武家の心中《しんじゆう》ということになると珍しく注目された。

早朝、鬼屋の嘉助が奉行所に飛び込んできた。

嘉助は吉原の橘屋に上がって、月夜野《つきよの》という、あまり売れないが気のいい女のところにしけ込んでいた。

夜が明けると途端に「心中だッ！」と大騒ぎになった。

「心中なんかじゃねえ、事故だ。酔っぱらって川に落ちたんだ！」

惣吉は心中の火消に躍起になっている。

そこに、奉行所に帰ろうという夜回りの雪之丞が通りかかった。道三河岸に引き上げられた白雪と若い武家は、腰紐《こしひも》で腕を縛っている。

明らかに心中だった。

「おい、嘉助ッ、奉行所に走ってくれ！」

雪之丞が野次馬の中から嘉助を見つけて命じた。

「へいッ、がってんでッ！」

嘉助が駆け出した。

すると、野次馬の中から若い武家が三人現れて、雪之丞に話しかけてきた。

「お役人、この武家の遺骸を申し受けたい」

「どちらのご家中か？」

「それは申し上げられない」

雪之丞はどうするか迷った。武家のことは任せた方がいい。大袈裟にすれば大きな問題になりかねない。雪之丞は目を瞑《つむ》ることにした。

「惣吉……」

「へい！」

雪之丞が惣吉を傍に呼んだ。

「いいのか？」

「へい、武家のことは武家に任せますんで……」

「そうか……」

惣吉が三人の武家に寄って行って何か話している。雪之丞は知らんふりで西田屋に向かった。惣名主の甚右衛門に会うためだ。

「これは大場さま、お一人で？」

「うむ、村上殿は先に奉行所へ戻った。今、見てきたぞ」

「今朝ほど道三河岸で川に落ちた者がいるとか聞いております」

「そういうことか？」

「吉原の中のことは惣名主がいたします。お奉行さまにはそのようにお伝え願います。ご不審なことがあればお呼び出し願います……」

「相分かった。白雪のことを秋葉屋に聞くがいいか？」

「どうぞ……」

惣名主の甚右衛門が武家と揉《も》めたくないと思っているのを雪之丞は感じた。心中ではどちらが悪いともいえない。

雪之丞が道三河岸に戻ると、武家の遺骸が消えて白雪の遺骸には筵《むしろ》が被《かぶ》せられていた。そこに村上金之助と嘉助が戻ってきた。

「惣吉……」

「へい、お武家の方は引き取られやした。こうするしかないのでございやす……」

「わかった」

「白雪はこちらで……」

「そうしてくれ、秋葉屋に少し話を聞きたいが？」

「へい、承知しやした」

金之助と雪之丞が秋葉屋で白雪のことを聞いた。名前はお美代《みよ》といい、信濃善《ぜん》光寺《こうじ》の生まれで、十一歳で駿府の秋葉屋に売られてきたという。

可愛《かわい》い娘でよく売れたが、江戸に来てからは歳《とし》を取ったこともあり、駿府の頃のように売れてはいなかった。ただ、根強い人気があって馴染《なじ》みが何人かいた。一緒に死んだ武家もそんな馴染みの一人だったという。若い武家は物静かで、いつも二人か三人の供を連れていた。

「若殿と呼ばれておりましたので、大身《たいしん》のお武家さまのご子息かと思っておりました」

秋葉屋の楼主が話した。

「白雪はあと二年ほどで年季が明けるところでした。それでこのようなことをするとは、よほど惚《ほ》れたのでございましょう」

「そうか……」

「武家と遊女ではどんなに惚れても添い遂げることはできませんので……」

「うむ……」

金之助は舟月のお文に惚れてズルズルと女房にした。雪之丞は騙《だま》されて売られたお末と巡り合って、思わぬ二人旅で惚れ込んでしまい女房にすることになった。

それを思うと白雪は不運だった。

奉行所に戻ると雪之丞が勘兵衛に報告した。

「そうか、惣名主がそう言ったか……」

「武家の不面目ですから事故としたものと思います」

「うむ、それでいい、吉原のことは甚右衛門に任せておけば間違いはない」

「はい……」

勘兵衛はこういう落ち着かない雰囲気になってくると、何が起きるかわからないと考えている。若い男女のあい寄る魂の悲しい結末だ。

武家でも戦いに出たくないと思う者は少なくない。腰抜けとか卑怯者《ひきよう》、腑抜《ふぬ》けといわれる若者だ。

心中も辻斬りと同じで、幕府には病死と届けられる。

その頃、北町奉行の米津勘兵衛が、その尻尾すらつかむことができなかった盗賊の時蔵《ときぞう》が、小雪《こゆき》とお園《その》と一緒に高台寺《こうだいじ》に現れた。

前田利長が亡くなり、孤立した大阪城では、幕府に無断で勝手に朝廷へ働きかけて官位を賜《たまわ》ったり、密かに兵糧を買い集めたり、浪人を雇い入れるなどして、幕府との対決色を強めていた。

それほど、駿府城の大御所家康の圧力に耐えられなくなっていた。

勘兵衛の知る限り、江戸の浪人は目に見えて少なくなっている。そういう報告が続々入ってきていた。

これは戦いになると勘兵衛は感じている。

そんなことには無頓着な喜与がニコニコと機嫌がいい。

例の勘十郎の事件があって、喜与は責任を感じてひどく落ち込んでいたが、勘兵衛は伯父の常春から言われたからでもないが、若い頃のように喜与を抱くようになっていた。

そんなある夜、喜与が褥《しとね》に正座して「お話がございます」という。

「うむ、今でないと駄目なのか?」

「はい、今、お話ししたいのでございます」

「そうか、それでは聞こう……」

勘兵衛が改まって座り直した。

「あの、勘十郎があのようなことになりまして、殿さまは喜与を可愛がってくださるようになりました。有り難いことにございます。ですがこのところ少し体調が……」

「何を言いたいのだ。さっさと用件を言え、忙しいのだ。まさか子ができたわけでもあるまい?」

「それがあの……」

「何んだ?」

「恥ずかしいのですが……」

「できたのか?」

「はい……」

驚いた勘兵衛が喜与をにらんだ。

「御免なさい……」

「い、いや、いいのだ。喜与！」

「はい……」

「ここに来い……」

勘兵衛は喜与の腕を引くと抱きしめた。こんな可愛い喜与を忘れていたと思う。

「でかしたぞ喜与、大切にいたせ……」

「はい……」

子ができたと言われ勘兵衛は仰天したのだ。忙しさに疲れ喜与を抱くのを忘れていたと思う。伯父の常春に叱られた。

「喜与！」

「はい……」

勘兵衛は自信が漲《みなぎ》ってくるのを感じた。

「あの……」

「わかっておる。わかっておるのだ。今夜だけは別だ！」

「はい……」

思いもよらず勘兵衛は喜与のお陰で一気に若返った。米津家は苦境を抜けて絶頂期に向かおうとしていた。

一方、その頃の大阪城は秀頼の母茶々が益々《ますます》権力を強めていた。

本朝にはこういう女が時々現れる。

源頼朝《みなもとのよりとも》の妻北条政子《ほうじょうまさこ》、足利尊氏《あしかがたかうじ》の妻赤橋登子《あかはしとうし》、足利義政《よしまさ》の妻日野富子《ひのとみこ》などはよく似《に》た女たちだった。

この国では「雌鶏《めんどり》鳴けば国滅ぶ」とか「雌鶏鳴けば家滅ぶ」などと言われた。

この時も大阪城の大将は秀頼で、鎧《よろい》を着て秀吉の千成瓢簞《せんなりびょうたん》の馬印が立てば、話は大きく違っていたと思われる。

それを、話は逆で、茶々が武将の真似《まね》をして、鎧を着ても何もできやしない。それを誰も止められないのだから腑抜けている。

関ケ原の戦いの時にも石田三成《いしだみつなり》は秀頼に、鎧を着て千成瓢簞を立て、大阪城の庭に本陣を置いて欲しいと懇願した。だが、この時も雌鶏が鳴いた。

茶々は三成の申し出を拒否して、鎧すら秀頼に着せなかった。

結局、戦いに破れ、豊臣家は二百二十万石を家康によって六十五万石に減封された。

「それでもまだ六十五万石あるではないか……」

そう思うのが茶々だった。

戦うべき時に戦わない。次に何が起きるか想像できないのが茶々で、すべてが行き当たりばったりで家康には赤子同然だった。

秀吉の遺産金七百万両を使って、大阪城では浪人を雇い入れていた。家康に勧められ寺院の修復などに使ったが、まだ、黄金はずいぶん残っていた。

その頃、時蔵一味は堺に集結していた。

関東から九州まで全員が次々と集まってきている。

江戸の北町奉行所が顔を知っていながら、その尻尾すらつかむことができなかったのが、時蔵とその一味だった。

常《つね》の盗賊とは全く違う独自の動きをした。そのため時蔵一味の手掛かりをまったくつかめなかった。何んとも不思議な一味だった。

その手口は勘兵衛に挑戦するような鮮やかなもので、仕事をした後は何んの痕跡も残さず消えている。女の名だけが残った。

その時蔵が京の東山、高台寺門前の小雪の隠れ家に現れた。

「姫さま、いよいよにございます」

「そうか……」

「和草《わくさ》さまにご挨拶《あいさつ》を申し上げ、堺に向かいます」

「わかりました。お園、すぐ支度を……」

「畏まりました」

時蔵は今こそ、大阪城に入って家康と戦う時だと動き出した。

この時、秀吉の正室北政所《きたのまんどころ》お寧《ね》こと高台院は、京の東山に高台寺を建立《こんりゅう》して秀吉の菩提《ぼだい》を弔《とむら》っていた。

高台院は健在で、傍には養女にした石田三成の娘辰姫《たつひめ》、大谷吉継の母東殿《ひがしどの》、小西行長《こにしゆきなが》の母和草殿、側近の孝蔵主《こうぞうす》などが仕えている。

三人が夕刻、高台寺に向かった。

案内を乞うと、寺の者が、和草さまは霊屋《たまや》におられますと三人を連れて行った。小部屋に通されて面会した。和草は洗礼名マグダレーナという。

「お婆《ばあ》さま……」

「雪は元気そうじゃな?」

「はい……」

和草は幕府からバテレン追放令が出されてから、一旦高台寺から離れたが、高台院の侍女として戻ってきていた。ひっそりと暮らしている。

「伊織《いおり》、大阪に行くのですか？」

「はい、伊織はこの日のために生きてまいりました」

「そうか、雪から話は聞いております。みなを率いて苦労したようですね。良く今日まで耐えられた。礼をいいます」

「殿のご無念を思えば、いささかも……」

伊織の主人、小西行長は関ケ原の戦いで敗れ、石田三成、安国寺恵瓊《あんこくじえけい》と共に京の六条河原で処刑された。

九州肥後《ひご》の宇土《うと》、八代《やつしろ》などに二十万石を領した大大名だった。

「殿に代わって戦う所存にございます」

「雪も戦うのか？」

「はい、それがただ一つの望みにございます」

「そうか、妙秋《みようしゆう》は知っているのか？」

「母上さまには、これからご挨拶に上がります」

「うむ……」

「これをご覧いただきたく願い上げまする」

伊織が和草に紙片を渡した。それを見ていた老女の目に涙が浮かんだ。

「お杉《すぎ》も於勝《おかつ》も行くのですか？」

「はい……」

「そうですか、わかりました。ついてきなさい」

和草が座を立った。

この頃、幕府のバテレン追放令によって、京の所司代板倉勝重などに弾圧されていたポルロ神父など、多くのキリシタンが大阪城に入っていた。

それを見逃す家康ではない。

本格的な大砲の購入に乗り出していた。大阪城を落とすには大砲は必要だ。鉄砲では頑丈《がんじょう》な大阪城を追いつめることはできない。

その一方で、家康は秀頼と戦うための言いがかりを探していた。

和草は三人を霊屋の秀吉の霊廟《れいびょう》に連れて行った。

これまで小雪も入ったことのない場所だ。秀吉の霊が静まっておられる場所だ。

そこに高台院湖月心尼《こげつしんに》が座って経を読んでおられた。四人が平伏すると、経を中断してゆっくり振り向き、座を直した。

「雪、久しぶりだな？」

「はい、申し訳ございません」

「伊織、やはり大阪城に行くのか？」

「はッ、まいります！」

「園、そなたも行くのか？」

「はい……」

「湖月心尼さま、これがここまで生き残っている者たちにて、この度、大阪城に入る者たちにございます」

和草が紙片を高台院に渡した。

「仁右衛門《にえもん》と左近《さこん》も行くのか、これは太閤《たいこう》さまにお見せいたしましょう」

「恐れ入ります」

「伊織、雪を頼みます」

「はッ！」

「みなの武功を太閤さまにお願いいたしましょう」

高台院が小さくうなずいた。

三人は高台院と和草に別れを告げ、一旦小雪の隠れ家に戻り、暗くなってから馬に乗って堺に向かった。

七月二十六日に遂に家康が動いた。

秀吉が建立し、地震で倒壊した京の方広寺《ほうこうじ》大仏殿を、五年の歳月をかけて秀頼が再建し、ほぼ完成した。この四月にはその梵鐘《ぼんしょう》もできていた。

ところがいよいよ開眼供養という段になって、家康は梵鐘の銘文に問題があるといい、開眼供養の延期を命じた。

梵鐘の銘文「国家安康《こっかあんこう》」と「君臣豊楽《くんしんほうらく》」の二文には、家康を呪詛調伏《じゅそちょうぶく》する狙いが秘められているというのだ。

まさに戦いに持っていく言いがかりだ。

それも京の五山の大碩学《だいせきがく》たちや、藤原惺窩《ふじわらせいか》の弟子林羅山《はやしらざん》が、大真面目に議論したのだから笑止というしかない。何も言わずに大阪城へ攻め込んでいった方がよほど潔い。

話はああでもないこうでもないとこじれた。

家康が秀頼を殺すと決めているのだから、やむを得ず戦いになり、殺す気はないのだという偽装が必要だった。それだけの話である。

江戸にもこの話が伝わり、江戸と大阪は手切れになるに違いない。後は戦うだけだという雰囲気が強まった。

浪人という浪人が、槍を担ぎ武功を求めて上方に向かう。

江戸の武具屋、刀の研師《とぎし》、彫金師など武器、武具、馬などにかかわる店は、どこも寝る間もなく働き続けた。

いつ出陣の命令が下るかわからない旗本八万騎は、おちおち寝てもいられない。

「お奉行、われわれにも出陣の沙汰があるのではないでしょうか？」

「誰が江戸を守るのだ？」

「それは……」

「半左衛門、戦いだけが大切なのではない。後方を万全にしておかなければ前を攻めることはできない。江戸は幕府の中心だ。大軍がどこに出陣しようが、戻ってくるところはここしかないことを忘れるな」

「はッ、申し訳ございません」

勘兵衛は戦いが近づくにつれ、与力、同心が浮足立つのを警戒した。

上方でどんな大きな戦いがあろうとも、江戸の日常は何も変わらないだろう。

むしろ、幕府軍が勝利すれば、江戸は爆発的に大きくなる。

その可能性が高い。

大御所家康が戦いに負けるとは思えず、勘兵衛にとっては戦の後のことがよほど大問題だった。

第十六章　真田幸村《さなだゆきむら》

大阪城は、家康の強引な言いがかりから逃れられないと悟った。

緊張が高まっている大阪城は、一気に臨戦態勢に入った。戦争準備には、しなければならないことが多い。

大名が誰一人支援しないとなれば、浪人を雇い入れるしかない。

家康に反感を持つ武将たちが続々と集まってきた。そうなるとその武将を頼って旧臣たちが集まってくる。

江戸と大阪は手切れ寸前まで追い込まれた。

戦いたくない大阪、何がなんでも戦いたい江戸、ここで秀頼を殺さなければ、遠からず幕府を潰されると思う家康、もう逃げきれないと思う茶々、手切れは見えていた。

江戸の勘兵衛は、この戦いは避けられないと思う。

あれほど出没していた辻斬《つじぎ》りがパタッと出なくなった。

辻斬りで遊んでいる時ではないということなのか、最早《もはや》、自分の生死を賭けて戦場に出る時で、暢気《のんき》に辻斬りなどしている時ではないということだろう。

勘兵衛はそう考えた。

「お奉行、このところ、辻斬りがまったく出ませんので」

あちこちに気を配っている半左衛門が不思議そうに言う。

「いいことではないか……」

「そうですが、夜は妙に静かで薄気味悪いのですが？」

「それは嵐の前の静けさで、世の中が尋常《じんじょう》でないほど緊張しているということだ」

「確かに……」

「こういう時は警戒を緩《ゆる》めてはならぬぞ……」

「はい……」

「この江戸の緊張はすべてが終わるまで続く、大御所さまの最後の戦いになるだろうからな？」

「やはり戦いに？」

「もう避けられまい、城内の雰囲気も戦いの方向だ」

勘兵衛は毎日登城して老中、勘定奉行、南町奉行などと打ち合わせ、話し合いをしている。

誰も口には出さないが、この大阪との戦いは避けられないと考えていた。将軍秀忠の考えが、戦いに積極的だと誰もが感じている。

大御所が生きている間に大阪城を潰したいということだ。そのため江戸城は言わず語らず臨戦態勢に入っている。

当然、城下も江戸と大阪との戦いのことで話は持ちきりだ。

こういう異常事態になると繁盛《はんじよう》するのが吉原で、遊女たちのやさしさに緊張緩和を求めて男たちが集まってくる。

身分の低い武家が二人組、三人組で妓楼《ぎろう》に上がる。

吉原の中でも笠《かさ》をかぶることは許されない。惣吉たち忘八者《ぼうはちもの》が、客にもめ事がないように厳重に見張っている。

二町四方の日本橋吉原は、妓楼も大小百近くに増えてきていた。駿府の二丁町の九十軒を超える勢いなのだ。

そんな吉原には見廻《みまわ》り担当の同心が顔を出す。

「惣吉、異常はないか？」

「へい、ございやせんです……」

「客が多くなったようだな？」

「へい、このところずいぶん増えてまいりやした。有り難いことで……」

「女が足りないのではないか？」

「そこなんでござんすよ旦那、山出《やまだ》しの女はすぐには使えませんので、見世《みせ》に出すのが間に合わないんでございやす……」

「そうか……」

惣吉の愚痴《ぐち》を聞くのも見廻りの仕事だ。惣吉たちは惣名主の甚右衛門から、奉行所の旦那方には失礼のないようにしろと厳しく言われている。

この吉原だけは別世界だった。

男五人に女一人の江戸で、唯一、男女が一対一になれるところが吉原だった。

ましてや、戦場に向かう兵が女を抱きたくなるのは常だ。

女は死の恐怖を忘れさせてくれるからである。

死神しか見えない兵たちに、女は極楽を見せてくれる菩薩《ぼさつ》なのだ。

勘兵衛は何度も戦場に出たことがあるから、吉原の繁盛を聞いて、兵たちの行き場のない不安な気持ちがわかる。

上方《かみがた》の緊張が江戸にも広がってきた。

夏が過ぎ、大阪城は九度山にいる真田信繁《さなだのぶしげ》に、参戦支度金として黄金二百枚銀三十貫を贈った。信繁は真田幸村《ゆきむら》と名を変える。

幸村の村は徳川家が忌嫌《いみきら》う刀剣千子村正《せんごむらまさ》の村である。

信州上田の旧臣たちに参戦するよう呼び掛け、自らは密《ひそ》かに九度山を脱出すると、大阪城に向かった。

後に、大阪城五人衆といわれる真田幸村、後藤又兵衛《ごとうまたべえ》、長宗我部盛親《ちょうそかべもりちか》、毛利勝永《もうりかつなが》、明石全登《あかしてるずみ》が入城、塙直之《ばんなおゆき》、大谷吉治《おおたによしはる》なども入城した。

「高野山の六文銭が大阪城に入りました！」

家康が警戒していた真田の六文銭だ。すると家康の拳がブルブル震え出した。

徳川軍が二度も敗れている最も嫌《いや》な奴《やつ》だ。

この時、家康は真田昌幸の死を忘れていた。

「六文銭は親父か息子かッ？」

「息子の方にございます！」

家康が使いをじろりとにらんで震えがぴたりと止まった。息子の方なら恐れることはないということだ。ところが、この幸村に家康は命を取られそうになる。

「母上さま、そろそろまいります」

「気をつけるのですよ……」

「はい……」

小雪がニッと小さく微笑んだ。母の妙秋尼は小西行長の正室菊姫《きくひめ》である。

「伊織、雪のことを頼みましたよ」

「はッ、命の限りお守りいたします」

「みなの武運を祈ります」

小雪と伊織が妙秋尼に見送られ寺を出ると、馬に乗って堺から大阪に向かう。

途中の街道に百五十六騎が並んで二人を待っていた。

伊織が集結させた軍団で、騎乗し鎧櫃《よろいびつ》を背負って槍や薙刀《なぎなた》を担いでいる。

「お婆!」

「姫さま、お杉がお供いたします」

「うむ……」

最高齢のお杉婆さんが保土ケ谷《ほどがや》宿から駆けつけた。白髪頭に白い鉢巻きが凜々《りり》しい。傍《そば》に於勝とマリア里《さと》がいた。

小雪と伊織が先頭に出ると、仁右衛門と左近が従う。

勘兵衛に尻尾さえ捕まえさせなかった時蔵一味が全国から集結していた。

この日の来ることを信じて生きてきた人たちだ。十兵衛《じゅうべえ》、南蛮太郎《なんばんたろう》、亀太郎《かめたろう》、直次郎《なおじろう》、次郎吉《じろきち》、お珠《たま》、於勝、三次《さんじ》など全員が揃《そろ》っている。

伊織の手が挙がって進軍を開始した。

秋に入り十月二日に大阪城は戦争準備に入る。

何がなんでも秀頼を殺したい家康と、和睦交渉などまとまるはずがなかった。

家康が言いがかりをつけておきながら、和睦に努力したという形を作っているにすぎず、ついに江戸と大阪は手切れになった。

努力したが駄目だったという口実作りは成功した。

大阪城は十万の大軍を雇い入れ、大阪とその周辺の兵糧を買い入れた。

それでも十万の大軍が何ケ月も使う兵糧米は足りない。大阪にある諸大名の蔵米をすべて接収した。大阪城がすべての米を抑えた。

鉄砲や槍など武器の買い入れも忙しかった。

戦いに勝つ秘訣《ひけつ》は、良い大工を大量に集めることだ。

戦いは兵と兵の衝突だが、大工たちがいかに速く付城《つけじろ》を築き、砦《とりで》を築き、高い櫓《やぐら》を築けるかが重要だった。

　ことに大阪城は巨大で、戦いに入る前に惣構《そうがま》えのあちこちを修理、その周辺に砦を築き、櫓を建てなければならなかった。そのためには一万人ほどの大工が必要だった。

　家康は大砲《たいほう》を集めることに苦労していた。

　ここにきて、大阪城は大将のいない弱点を露呈した。

　戦いを目前にして戦術戦略で二つに割れた。

　真田幸村は瀬田《せた》の唐橋《からはし》まで進出して、徳川軍を迎え撃ち、もし勝てなかった時に籠城《ろうじょう》すると主張した。

　御大将秀頼公に、秀吉の千成瓢箪《せんなりびょうたん》の馬印を大阪城に立ててもらい、出陣していただくということだった。この二段構えの策は、亡き真田昌幸が徳川軍に勝つために、自分なら美濃国青野《みののくにあおの》ケ原《はら》に陣を敷き、大軍を迎え撃つと幸村に語った策だったのだ。

　これに大野治長《おおのはるなが》が反対した。

　城の周りに砦を築き、最初から籠城するべきだという。幸村の討って出る積極策は危険だというのである。

援軍の見込みがないのに籠城というのは、戦いを長引かせて和睦しようということだ。

幸村は家康が秀頼を殺しに来るのだと思う。治長は和睦して生き延びる道はあると考えている。戦いの先をどう想像するかの問題であった。

幸村は勝つしか生きる道はないと考え、治長は和睦によって生きる道を探るという曖昧《あいまい》な考えだ。

秀頼を戦場に出したくない茶々は、大野治長の策を採用した。

わずかに残っていた秀頼が生き延びられる道を、茶々と治長が塞《ふさ》いでしまった。戦いを知らない者が決める作戦では勝てない。

秀頼は黙って話を聞いているだけだ。秀頼も戦いを知らない。

幸村はそれ以上主張しなかった。

籠城するのであれば、大阪城の東南の角に砦を築かせて欲しいと願い出た。

この時、大阪城の弱点は東南の角だと知っていたのは、大御所家康と真田幸村だけで、二人は築城した秀吉から直《じか》に聞いたのだ。

幸村は秀吉の小姓だった。

この頃、江戸は出陣の触れが出て大騒ぎになっていた。秀忠が将軍になる時、旗本八万騎は出陣したが、それは戦いではなく慶賀《けいが》の出陣だった。

　刀を抜かない出陣なら大歓迎だが、今回は大阪城の大軍と雌雄《しゆう》を決する戦いになることが見えていた。

　生き残るのは大阪か江戸かという決戦である。

　城下にいつもの倍する人が出て、武具屋の前には列ができた。

「お奉行、手の付けられない有様にございます！」

「半左衛門、放っておけ、この大騒ぎでは盗賊の出る隙間もなかろうよ」

「はい、まったくもめ事がなくなりました。喧嘩《けんか》が二件ほどだけにございます」

「ふん、喧嘩のできる暢気者がいたか、騒ぎが収まるまで牢に入れておけ、裁きはその後でよい！」

「はッ！」

「たかが喧嘩で何日も入牢《じゆろう》することになる。見せしめだ！」

「畏《かしこ》まりました」

　半左衛門は親兄弟がもらい下げに来ても「天下がこの忙しい時に、暢気に喧嘩などするとは不届き千万である。お解き放ちはない！」と厳しく言う。

　もらい下げに来ても、半左衛門に叱られてすごすご帰るしかない。

江戸の大騒ぎは殺気立っている。武家の馬鹿者の喧嘩に奉行所は知らんふりだ。戦いの緊張に耐えられず、荒々しい気持ちになる愚か者だ。

こういう時こそ冷静でなければ、戦場で武功など上げられない。

勘兵衛が登城すると、江戸城の留守居役は福島正則だと伝えられた。正則は秀吉の叔母の子で秀頼とは血筋になる。

その正則が大阪城に近づかないように江戸城の留守居にした。

ここまできても、家康はまだ自分が有利だと思っていない。戦いが長引いて自分が不利になれば、大名に寝返りが出て反撃されると思っている。

滅多《めった》に人を信じないのが家康だ。

遂《つい》に、将軍秀忠が出陣する時が来た。

秀忠が出陣を命じたのは旗本六万騎だった。

十月二十三日に、江戸城から将軍と幕府の大軍が出陣した。勘兵衛は南町奉行の島田弾正忠と一緒に大手門で見送った。

二人は事前に秀忠から呼ばれ、江戸の守備を命じられた。

この日、大御所家康は、一足先に京の二条城に到着していた。家康には一つ確かめておきたいことがあった。

二条城で休養した家康は、京の東山高台寺に向かった。

家康が会いたいのは高台院だった。

この頃、高台院の侍女《じじょ》だった孝蔵主は、高台院のもとを離れ、江戸に下って将軍秀忠に仕えていた。

そのあたりの経緯を家康は知っている。

家康が高台院を支援してきたことは知られていた。

「高台院さまにおかれましてはご壮健にて、およろこびを申し上げまする……」

家康が最大の敬意を払う人物は二人しかいない。

一人は天子であり、もう一人は高台院である。天子と高台院こそが家康の身分を保証しているのだ。

「徳川さまもお変わりなく、結構なことにございます」

「今日は是非にも、高台院さまにお聞きしておかなければならないことがございます」

「秀頼のことですか?」

「はい……」

「秀頼の出生のことでございましょうか?」

「そうです。お漏《も》らしいただければ有難く存じます」

秀頼の出生については、誕生の頃から太閤《たいこう》秀吉のお胤《たね》ではないと言われてきた。その秘密を隠すように、茶々の侍女十数人が秀吉に処分され、姿を消したことがある。

家康は、秀頼が秀吉の子なのかと疑っていた。

それは家康だけでなく、天下周知の大きな疑問だったのだ。秀吉にお胤があったかなかったかということだ。

高台院は秀吉の正室だが子を産んでいない。

秀頼が秀吉の子か否《いな》か、高台院の答えは重大なのだ。それを家康は聞きに来た。既に、殺すと決めているがその正当性が欲しい。

高台院に秀吉の子ではないと言ってもらいたい。

「いかがにございますか？」

「徳川さま、色々な噂《うわさ》があるようですが、秀頼は太閤さまのお子に間違いございません」

高台院は家康が期待したようには答えなかった。

それは家康と責任を分け合う気はないということだ。

秀頼を殺すならその責任はあなた一人で負いなさいということだ。気に入らない答えに、大きな目で家康が高台院をにらんだ。

「茶でも差し上げましょう」

「いや、結構です」

家康は明らかに怒っていた。

高台院は、秀頼が秀吉の子か否かの前に、このような戦いをするのは良くないと言いたいのだ。「国家安康」「君臣豊楽」が呪詛《じゅそ》だなどと、言いがかりをつけての戦いに、高台院は反対なのだ。

二条城で家康と秀頼が会見した時、高台院は二人の傍で見ていた。

家康の殺意を感じた一人でもある。

家康は不満を残して二条城に戻った。

その頃、大軍を率いた将軍秀忠は二十四日藤沢《ふじさわ》、二十六日三島《みしま》、二十七日清水《しみず》、二十八日掛川《かけがわ》と行軍を急いでいた。

秀忠は関ケ原の戦いの時、中山道から関ケ原に向かったが、信州で真田昌幸と幸村に邪魔されて、戦いに間に合わないという痛恨の失敗をした。

秀忠が関ケ原に着いた時、戦いは終わって家康は近江大津《おおつ》まで進軍していた。

この関ケ原の二の舞を恐れるあまり、六万の大軍を率いて十七日間で伏見城に到着したのは早すぎた。

東海道を急いできた六万の兵は疲労困憊《こんぱい》だった。

その大軍が去った江戸は、もぬけの殻《から》のようになっている。

噂は、幕府軍が大阪の豊臣軍に勝てるかという話でいっぱいだ。

「大阪方もずいぶん兵を集めたらしいな」

「ほう、江戸から上方に向かったのは十万だそうだな？」

「駿府の大御所さまが十万だから二十万か？」

「大阪も十万だそうだ……」

「互角か？」

「どっちが勝つ？」

「そりゃ、やってみなきゃわかるまいよ。大阪方には真田の六文銭がいるらしいからな？」

「真田はそんなに強いか？」

「強い、徳川軍が二度も負けているんだから……」

「そうか、幕府軍が負けるか？」

「そんなことはないだろう。大阪に集まっているのは浪人だけだというぞ。浪人の集まりに幕府軍が負けるのか？」

野次馬は好き勝手に噂をするが、江戸に住んでいる者の多くは、幕府軍が負けるとは思っていない。

「いつ始まるんだ？」

「もう、大阪城を囲んでいるんじゃないか？」

「秀頼は籠城か？」

「そうだろう。大阪城から出て戦って、大御所さまに勝てるか？」

「そうだ。家康さまは野戦の神さまだからな！」

そんな話が巷間《こうかん》に蔓延《まんえん》していた。

それは奉行所でも同じだった。事件がほとんどなくなって、すべての関心が大阪での戦いに移っていた。江戸だけでなく全国の人々が見ている。

「体は大丈夫か？」

「ええ、こんな時に、御免なさい……」

勘兵衛は喜与の体を心配するが、喜与は天下を揺るがす大きな戦いの最中にこんなことになってと思う。

「気にするな。戦いは長くはない」

「そうなんですか？」

「年を越すことはなかろう。長引けば幕府軍が危ない」

「まあ……」

「大御所さまには策があるのだ。そうでなければ戦を仕掛けることなどないのだ」

「そうですか？」

「わしは大御所さまの近習《きんじゅ》だったのだぞ」

「はい、存じております」

勘兵衛は小牧、長久手の戦いの頃から家康の傍で戦いを見てきた。関ケ原の戦いの時は秀忠と中山道にいた。秀忠が真田昌幸に負けた戦いも知っている。

「大御所さまが勝てる見込みがないのに戦ったのは、三方《みかた》ケ原《はら》の戦いだけだ」

「父から聞きました」

「若い頃で信長さまににらまれていたからな……」

「仕方なかった？」

「仕方ない戦いをすると負ける」

勘兵衛は戦をするのに、仕方なくするものではないと思っている。用意周到に戦うべきだ。

「抱こうか?」

「ちょっと心配……」

「流産か?」

「ええ……」

喜与が勘兵衛に手を伸ばした。

第十七章　冬の陣

十一月十五日に家康が二条城から出陣した。

大坂城冬の陣が始まった。

幕府軍は二十万の大軍で大阪城を包囲する。

迎え撃つ大阪城の大軍は十万で、簡単に落ちるような状況にない。通常、籠城戦の場合は、攻撃側が籠城軍の十倍でないと落とせないという。

十万対二十万では難攻不落の大阪城があるだけに、秀頼に有利だった。

大阪城の弱点、東南の角には真田幸村が、真田丸《さなだまる》という頑丈な砦を築いている。その後方、黒門口《くろもんぐち》の明石掃部《かもんてるずみ》全登の陣に、連銭葦毛《れんぜんあしげ》の馬体の大きな馬に騎乗した小雪が現れた。

明石全登は洗礼名ジョアンという。

小雪はカタリナ雪という。傍には青鹿毛《あおかげ》に騎乗した伊織と騎馬隊がいた。

南蛮胴をつけた小雪は南蛮兜《かぶと》をかぶり、白い大マントには十字架が描かれている。

熱烈なキリシタンの全登はうれしそうだ。

「おう、神の騎士だ！」

伊織は黒い武者面をつけていた。

大阪城の東南の角には、真田幸村と明石全登が守備に就いた。だがこの時、大阪方は重大な見落としをしていた。

それは家康が新兵器の大砲に目をつけ、大量の大砲を手に入れて大阪城の北、淀川に浮かぶ備前島《びぜんじま》にその大砲を並べようとしていたことだ。

大阪城が築かれた時、まだ大砲というものがなかった。精々、攻城戦には大筒が使われる程度、弾丸が一町も飛べばよかった。

ところが大砲はその何倍も重い弾丸を、何倍も遠くに飛ばすことができる兵器だった。

大阪城は北の淀川に頼った作りで、京に通じる道の京橋《きょうばし》があった。

その京橋の傍に備前島がある。

そこからなら大阪城本丸に砲弾が届くと家康は考えていたのだ。大阪城の守りは南に厚く北に薄かった。

十一月十八日に茶臼山《ちやうすやま》に着陣した家康は、将軍秀忠を呼んで軍議を開いた。翌十九日には西の木津川口《きづがわぐち》で戦いが始まった。

激しい戦いになったが、大阪方の砦が次々と潰《つぶ》された。二十万の大軍とは半端な戦いでは勝てるはずがない。

今福《いまふく》、野田《のだ》、福島《ふくしま》などの砦が次々と落ちる。

遂に、大阪城の周辺の砦で守ることが厳しくなり、十一月三十日に大阪方は一斉に砦を捨て大阪城に撤収する。

大阪方の砦を次々と踏み潰した幕府軍は、勢いに乗って大阪城包囲の割り当てられた場所に続々と着陣した。緒戦から幕府軍が有利に戦いを進めている。

勢いに乗る幕府軍は、幸村の真田丸に五、六町（約五四五〜六五四メートル）まで接近してきた。

真田丸は大阪城の堀の外に大きく張り出して築かれた砦で、真田幸村軍と長宗我部盛親軍など一万七千人が入っていた。

その正面には、前田利常軍や井伊直孝軍など二万六千人がいた。

十二月三日に真田軍の挑発に乗って攻撃を仕掛けたのは前田軍だった。だが、真田丸の柵《さく》すら壊せずに敗退、二度三度と攻撃を仕掛けたがうまくいかない。

真田丸の馬出しから真田軍が飛び出してきて、散々暴れ廻るとサッと引き上げて行く。それを前田軍が追撃すると、砦の真田軍が柵の近くまで引き付けて一斉に銃撃する。

仕方なく前田軍が逃げる。

そんな繰り返しで埒《らち》があかない。

家康は幸村の叔父真田信尹《のぶただ》を真田丸に行かせて、幸村を味方にしようと二度までも説得するが断られ、前田、井伊軍に撤退を命じる。

攻撃すればするほど犠牲が出る。

四日には将軍秀忠がいらだって、家康に大阪城への総攻撃を進言するが、受け入れられなかった。家康は無理攻めをしないで、あくまで大砲の到着を待っていた。

戦いはあちこちで続いたが、犠牲が大きくなる力攻めはしない。十万で守る難攻不落の大阪城を家康は手ごわいと思っている。

迂闊《うかつ》な攻め方をすると大失敗するからだ。戦いの怖さを家康は知っていた。

十日には降伏するようにと大阪城に矢文《やぶみ》を打ち込んだ。家康には、大砲が兵庫に陸揚げされたとの知らせが届いていた。

十一日からは佐渡や甲斐の金山から呼んだ金掘たちに、大阪城の土塁や石垣を破壊するように命じ、一方で和睦交渉に臨んだ。

家康らしい硬軟の攻め方だ。

そうこうしているうちに、堺の芝辻理右衛門の大砲、国友村からは三貫目大鉄砲や大筒、イギリスからカルバリン砲四門とセーカー砲一門、オランダからも半カノン砲十二門の大砲が続々と到着した。

遂に、待望の新兵器が戦いに間に合った。

「備前島に並べて本丸を狙え！」

十五日には和睦交渉が暗礁に乗り上げた。

実は、家康は大きな弱みを抱えていた。

それは戦いの前に大阪方が広範囲に米を買い占め、蔵米まで奪ったため、家康の二十万は食料不足になっていた。

それに真冬の陣中で兵糧がなくなれば凍《こご》え死ぬ。家康は密かに織田有楽斎と和睦交渉を進めていたのだ。それがうまくいかなかった。

この戦いは早く決着をつけないと負ける。家康は焦っていた。だがこの時、大阪方も兵糧と弾薬が不足していたのだ。

「明日から本丸に向かって一斉砲撃を開始しろッ、昼夜を分かたず交代で打ち続けろッ！」

家康から砲撃の命令が出た。

翌十六日早朝から、備前島に並んだ大砲、大鉄砲、大筒など百門が一斉に火を噴いた。

これまで聞いたことのない砲撃の音に、幕府軍も豊臣軍も騒然となった。

「何が始まったのだッ？」

「あの音はなんだッ！」

ところがさすがの大砲も大阪城の本丸に届かない。多くの砲弾が淀川や本丸の近くに落ちた。角度を変えたり、撃つ位置を変えたり、工夫しながら砲撃を続けた。

「本丸に届かなければ、撃ち続けて女どもを寝かせるなッ！」

火薬の破裂する音、弾丸が風を切って飛ぶ音、凄《すさ》まじい音が大阪城の茶々たちを恐怖に叩き落した。

恐怖に震え、一睡もできないまま夜が明ける。

十七日になって家康の本陣に、広橋兼勝《ひろはしかねかつ》と三條西実条《さんじようにしさねえだ》の二人が現れ、後陽成《ごようぜい》上皇の和睦勧告を伝達した。これを家康が拒否する。

朝廷主導の和睦など受け入れない。和睦するなら家康主導でなければ、苦しい戦いをしている意味がない。

家康は幸運だった。

それまで本丸に届かなかった砲弾が、うまいこと北からの風に乗って本丸に命中、凄まじい勢いの砲弾が御殿に飛び込んでくると、茶々の侍女八人に当たって八人とも即死したのである。

これには茶々が仰天した。

「た、太閤が十年でも大丈夫だと言ったのに……」

一気に戦意がなくなった。

茶々は秀吉に「大阪城は十年でも持ちこたえられる」と教えられていた。

「和睦だッ、すぐ和睦だッ！」

目の前で八人の侍女が吹き飛ばされ、恐怖で凍りつき思考停止になった。

「和睦だッ、和睦しないと殺されるッ！」

戦いの最中に喚《わめ》き散らすようでは、なんのために鎧を着ているかわからない。

だが、茶々は事実上の大将なのだから仕方がない。

翌十八日に和睦交渉に入り、次の日、十九日には早くも和睦に合意した。家康が望んだ通り、家康主導の和睦だった。

家康の望む通り、本丸を残して二の丸、三の丸を破壊し、惣構えの南堀、東堀、西堀を埋めることが決まった。北には淀川があり堀はない。

通常、和睦交渉がまとまると、城を壊すとか堀を埋めるというのは、城や堀の一部をほんの少し壊して、城を壊したとか堀を埋めたことにする。

二十日に砲撃を中止すると、いきなり徳川軍が、本格的に城を壊すと堀を埋め始めた。

形式ではなく本気で二十万人が仕事に取り掛かり、わずか三日で本丸だけを残して城を壊し、外堀だけでなく内堀まで埋めて裸城にしてしまった。

大阪城は無残な城になってしまった。

もう城とは言えない。

十二月二十三日に大阪城の破壊が完了すると、大名たちが続々と領地に帰り始めた。

和睦などと言えるものではなく一方的な城の破壊だった。

家康の狙い通りである。

慶長二十年（一六一五）の年が明けると、江戸に続々と、戦いに勝った軍団が戻ってきた。和睦ではない勝利だ。

逆に大阪城は家康に騙《だま》され和睦は大失敗に終わった。

裸城にされた大阪城は秀吉が築いた天下無敵の巨城ではなくなっている。何んといっても、大阪城の弱点の東南の角を守る要の真田丸を破壊されたことが痛かった。

幸村は、家康がその弱点を知っていて真田丸を壊しに来たと思う。さすがは家康と思うしかない。

その頃、時蔵の伊織と小雪たちは無傷のまま大阪城に残っていた。

明石全登の陣にいた小雪たちは真田丸の後方から、幕府軍と戦う真田幸村の戦いを見ていた。後詰めの明石軍には戦う機会がなかった。

伊織はこんな中途半端な戦いで終わるはずがないと思っている。

もう一度、家康は秀頼を殺しに来るはずだ。その時こそ、この裸城にされた大阪城を守って戦い、家康の命を狙う。

乾坤一擲《けんこんいってき》、小西行長の家臣として恥じぬ戦いをする。伊織は全軍を率いて一旦堺に引こうと考えていた。

大阪の冬の陣で幕府軍が勝利し、江戸の正月は一気に華やいだ。

この頃、江戸に真葛《さねかずら》という盗賊が現れた。